BookMobile
KANSAS CITY KANSAS
PUBLIC LIBRARY

D1564380

DISCARD

Magia del Revés

Esta es una obra de ficción. Los nombres, personajes, lugares y eventos
son producto de la imaginación del autor o están usados de manera ficticia,
así que cualquier parecido con personas reales, vivas o fallecidas, establecimientos
comerciales, sucesos o lugares, es fortuito.

Título original inglés: *Upsidedown Magic 2. Sticks & Stones.*
Autoras: Sarah Mlynowski, Lauren Myracle y Emily Jenkins.

© del texto: Sarah Mlynowski, Lauren Myracle y Emily Jenkins, 2016.
Todos los derechos reservados.
Publicado por acuerdo con Scholastic Inc., 557 Broadway, Nueva York,
NY 10012 EE. UU.
Este libro se ha negociado con la agencia literiaria Ute Körner,
Barcelona (www.uklitag.com)
Diseño de la cubierta: lookatcia.com.
Ilustraciones: Lidia Fernández Abril.
© de la traducción: Rosa Arruti Illarramendi, 2019.
© de esta edición: RBA Libros, S.A., 2019.
Avda. Diagonal, 189 - 08018 Barcelona
rbalibros.com

Primera edición: septiembre de 2019.

RBA MOLINO
REF.: MONL513
ISBN: 978-84-272-1580-1
DEPÓSITO LEGAL: B. 16.726-2019

COMPOSICIÓN • EL TALLER DEL LLIBRE, S.L.

Impreso en España • *Printed in Spain*

Queda rigurosamente prohibida sin autorización por escrito del
editor cualquier forma de reproducción, distribución,
comunicación pública o transformación de esta obra, que será
sometida a las sanciones establecidas por la ley. Pueden dirigirse
a Cedro (Centro Español de Derechos Reprográficos,
www.cedro.org) si necesitan fotocopiar o escanear algún fragmento
de esta obra (www.conlicencia.com; 91 702 19 70 / 93 272 04 47).
Todos los derechos reservados.

Sarah ★ Lauren ★ Emily
Mlynowski   Myracle   Jenkins

Magia del REVÉS

¡Peligro en el cole!

Ilustraciones de Lidia Fernández
Traducción de Rosa Arruti Illarramendi

RBA

PARA NUESTROS FELPUCHITOS: AL, JAMIE, IVY,
MAYA, MIRABELLE, ALISHA, HAZEL, CHLOE
Y ANABELLE. ABRAZOS Y MIMOS ETERNOS.
(Y, SÍ, POR SUPUESTO, ¡OS PODÉIS PEDIR UN
UNICORNIO POR VUESTRO CUMPLE!)

1

Cuando Nory Horace se transformaba en gabra, tenía cuerpo de gatito negro y cabeza de cabrita. Podía subirse a la encimera de un salto desde el suelo de la cocina. Podía hurgar entre la colada y también mordisquear riquísimos calcetines. Se le daba bien cazar mariposas.

De hecho, su gabra molaba bastante, era un animal impresionante de verdad. Pero a Margo, la tía de Nory, no le gustaba.

Gabra-Nory se comía las flores de su tía.

Y las alfombras.

Y, por supuesto, sus calcetines.

La mañana del día anterior, Gabra-Nory se zampó todos los cereales de Figuras Afrutadas del desayuno, además de la caja que los contenía.

Y también el mantel, dos barras de pan y un trozo del sofá de tía Margo.

Nory era una Flexiforme. Su talento mágico consistía en que podía convertirse en animales. Pero la mayoría de los Flexiformes se transformaban en criaturas ordinarias como gatos, perros y conejos. Nory era diferente. Claro que podía convertirse en animales normales... La cuestión era que no eran normales durante mucho rato.

Tía Margo había pedido expresamente a su sobrina que ese día no se transformara en gabra, porque venía a cenar su novio, Figs, y Margo quería tener la casa limpia. Además, los niños no debían practicar sus talentos mágicos sin supervisión, hasta que se hacían mayores y les otorgaban una licencia. (Como si alguien siguiera esa norma.)

Nory adoraba a su tía y no deseaba defraudarla, así que tenía previsto mantener su forma vulgar de siempre: niña de piel morena, ojos brillantes, pelambrera voluminosa, vaqueros de la suerte color violeta y unas deportivas rojas nuevas.

Margo se había ido temprano a hacer su trabajo como taxi aéreo, así que Nory se había quedado sola. Había salido al porche de la pequeña casa de madera de su tía en la ciudad de Dunwiddle para esperar a su amigo Elliott. Pensó que, así, aunque se transformara en gabra sin querer, la casa seguiría limpia.

Nory y Elliott solían ir andando juntos a clase.

Pero ese día todo era diferente. Elliott llegaba tarde.

Nory vio una mariposa que batía las alas sobre su cabeza y se preguntó si podría transformarse en gabra a toda prisa y volver luego a su forma habitual. Qué gusto daba perseguir mariposas como una gabra.

«No, no, no —se dijo a sí misma—. Nada de gabras esta mañana. Ni mutar sin supervisión».

9

La mariposa revoloteó por su cara.

«¡No, no, nada de gabra! ¡Nada de transformarse!».

Tal como le sucedía a la mayoría de la gente, la magia de Nory se había manifestado a los diez años. Antes de esa edad, había ido a una escuela normal, como todo el mundo. Luego, a partir de quinto curso, pasabas a la escuela de magia.

Su nueva escuela, Dunwiddle, era una escuela pública de magia, y eso significaba que podía ir cualquiera, a diferencia de las caras academias privadas, en las que costaba ser admitida. Dunwiddle ofrecía clases de matemáticas, literatura y gimnasia, y también las clases típicas de magia para las cinco categorías convencionales de estudiantes de magia: Flotantes, Flameantes, Flexiformes, Felposos y Fluctuosos. Los Flotantes volaban. Los Flameantes hacían magia con el fuego. Los Flexiformes se convertían en animales. Los Felposos podían comunicarse con los animales. Y los Fluctuosos se volvían invisibles o volvían invisibles otras cosas.

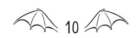

Pero no todos los estudiantes tenían una magia normal. Nory no, por ejemplo. Así, las escuelas tenían un problema: ¿en qué clase ponían a los críos cuya magia era inusual?

Como respuesta, Dunwiddle había organizado una clase nueva. Se llamaba Magia del Revés (MR). El padre de Nory mandó a vivir a la niña con su tía precisamente para que pudiera acudir a esa clase, en la que había otros siete estudiantes de quinto curso. Y, al igual que le pasaba a Nory, algo fallaba con el talento mágico de todos ellos. Pero, ay, no debía hablarse de fallos. Su maestra, la señorita Starr, quería que en su lugar todo el mundo hablara de talento *diferente* o *inusual*.

A Nory le gustaba que los niños de las clases normales siguieran esa norma, pero lo cierto era que la mayoría se la saltaba. Muchos llamaban embrollones a los estudiantes de MR. O los llamaban Fracasos. Los peores eran un grupo de Flameantes de quinto curso que se hacían llamar los Chispazos y se burlaban del grupo de MR siempre que podían. «Mirad, ahí está esa tarada

que se convirtió en mofetante y apestó toda la cafetería», decían a cualquiera que quisiera oírlos.

(Y, sí, Nory se había convertido en una mofeta-elefante a principio de curso. Y había apestado toda la cafetería. Pero ¿era necesario que los Chispazos se lo refregaran por las narices de ese modo? No.)

Nory botaba de puntillas, volviendo la cabeza de un lado a otro en busca de Elliott. En su lugar, detectó a un niño flacucho de pelo oscuro que doblaba la esquina derrapando y continuaba corriendo en su dirección. Iba acalorado y sudoroso, con una gorra de béisbol y una camisa azul marino cuyas letras blancas decían: PATRULLA DE POLICÍA DE CIDER CUP. Era Bax Kapoor, otro chaval de MR.

—¡Vas a llegar tarde! —gritó Bax cuando pasó disparado.

Sip. Tenía razón.

—¡Eh, espera! —voceó Nory saliendo a la carrera tras él.

Bax miró por encima del hombro, pero no dejó de correr.

Y entonces ¡toooma!

Sus pies se alzaron del suelo mientras movía los brazos como aspas con la cabeza hacia delante, para caer finalmente al suelo con un fuerte golpe.

¡PATAPLÁN!

Nory se encogió tapándose los ojos con la mano. Luego escudriñó entre los dedos, pues ya sabía lo que iba a ver.

Ajá, Bax se había convertido en roca.

Así era su magia del revés. Era un Flexiforme, pero no se transformaba en animales. Se transformaba en piedra. Sucedía cada día, y casi nunca a propósito, pero siempre acababa convertido en el mismo y enorme pedrusco gris. Bueno, en una ocasión se convirtió en correa, pero fue algo excepcional. ¿Las demás veces? Enorme. Roca. Gris.

Nory se acercó a toda prisa.

—¡Bax! ¿Estás bien?

Obtuvo el silencio como respuesta, ya que Roca-Bax era incapaz de hablar. Además, Roca-Bax no podía volver a cambiar de forma, algo por lo que Nory se sentía fatal. Debía de ser espantoso, pensaba, convertirse en roca —sin boca, sin brazos, sin orejas— y quedarse así bloqueado. Para recuperar su forma original, el niño necesitaba que alguien lo llevara a la enfermería a tomar una repugnante poción verde que lo devolvía a su forma normal.

Nory hundió los hombros. Hoy le tocaba a ella ser esa persona.

Hoy sí que iban a llegar tardísimo al cole los dos.

2

ABax le dolía la cabeza. También le dolían los pies, los brazos, incluso los lóbulos de las orejas. ¿Por qué se quedaba tan molido después de mutar?

Bax nunca sabía qué pasaba mientras era una roca. Otros Flexiformes conservaban su mente humana cuando adoptaban formas animales. Bueno, la mayor parte del tiempo. Mantener el control sobre tu mente humana es una de las técnicas flexiformes más importantes, pero cuando Bax mutaba perdía el control de las cosas. Y eso era algo que detestaba.

Bax recordaba ir corriendo hacia la escuela, y recordaba haber tropezado. Después se había quedado en blanco por completo.

Ahora se encontraba en la enfermería.

—Buenos días, buenos días —dijo el enfermero Riley sonriendo.

Bax pestañeó intentando recuperar la compostura. Estaba sentado sobre una camilla con una áspera manta azul echada sobre los hombros. Notaba la lengua pastosa. El motivo era el Burtlebox, la pócima repugnante que usaba el enfermero Riley para volver a convertirlo en niño.

Bax odiaba el Burtlebox. Sabía a lechuga podrida. ¿Y cómo acababa eso en su boca? Pues porque el enfermero Riley lo aplicaba a Roca-Bax con un pincel.

De todos modos, el enfermero Riley era un tío majo. Con sus patillas y sonrisa fácil, actuaba como si fuera la cosa más normal del mundo pintar a Bax a diario con una apestosa cosa verde.

—Cambiaste de forma de camino al cole —dijo el enfermero.

—¿Quién me trajo?

—Nory Horace. Te transportó en un antiguo cochecito para bebés, no te lo pierdas...

—¿Un cochecito para bebés?

—¿A que ha sido ingenioso? Nory lo cogió del jardín de su tía. Su tía lo usa para poner macetas con plantas.

Bax había estado en el patio de Nory. En ese instante se fijó en el cochecito aparcado en un rincón de la enfermería. Justo como lo recordaba: grande y curvilíneo, con altas ruedas.

Nory lo había traído hasta el cole empujando ese trasto. Lo había traído al cole como si fuera una muñeca.

—Igual vomito —dijo.

El enfermero Riley le pasó el cubo de la basura.

—Podría ir a buscarte una gelatina, si quieres. Para que se te asiente el estómago...

—No hace falta.

—Bax esperó a que se le pasaran las náuseas y luego se levantó. Se le escurrió la manta azul—. Debo ir a clase.

—Ah, sí, claro —dijo el enfermero dando una palmadita a Bax en la espalda—. Seguramente te veré esta tarde.

Bax gimió.

El enfermero Riley se llevó la mano al corazón y retrocedió tambaleante, fingiendo estar herido.

—Nunca me molesta una visita tuya, Bax. Eres uno de mis pacientes favoritos.

—No es por usted. Es solo que últimamente... me convierto en roca demasiado a menudo.

—No sé. Te transformaste en correa aquella vez. Y la señorita Starr dice que estás mejorando mucho, que haces el pino cada vez con más estabilidad.

—Le encanta que los niños con magia del revés hagamos el pino. Alguien debería regalarle un pino por su cumple.

El enfermero Riley se rio.

Bax salió de la enfermería y se fue andando despacio hacia el aula. Los pasillos tenían un montón de extintores de color rojo chillón colocados en las paredes, en prevención de los problemas que provocaban los Flameantes.

Por todas partes había letreros que se podían leer con claridad.

PROHIBIDO HACER FUEGO EXCEPTO EN EL LABORATORIO DE FLAMEANTES.

NO VOLAR IMPRUDENTEMENTE.
LOS FELPOSOS NO TRAERÁN RATONES,
RATAS O SERPIENTES A LA ESCUELA SIN
UN PERMISO POR ESCRITO.

En las taquillas, Bax detectó un par de nuevos carteles animando a participar en actividades de la escuela. Eran para apuntarse al equipo de balón-gato de Dunwiddle y otros clubes de actividades extraescolares: básquet-acrobático, zambullidas invisibles...

Bax pasó junto a la clase de los Flexiformes normales de quinto curso y los vio sentados ante sus pupitres, tomando notas. Los Flexiformes normales debían dominar el gatito negro durante el primer mes. Después de eso, practicarían para añadir color a sus mininos: con manchas, anaranjados, atigrados y demás.

—Los gatos persas son difíciles por su largo pelaje. —oyó decir a la profesora—. Un pelaje largo requiere mantener un control prolongado y, por supuesto, es difícil tenerlo limpio.

Bax se detuvo en el umbral y observó a la profesora subirse a la mesa en su forma humana.

—¿Está atento todo el mundo? —Se transformó sin dificultad en un gato persa blanco, de suave y sedoso pelaje y cara achatada; luego volvió a su forma humana—. Los rasgos faciales aplanados precisan cierta práctica —explicó—. Y eso nos lleva a vuestros deberes para esta noche.

Bax siguió caminando cansinamente. Nunca lograría estar en esa clase. Con toda probabilidad nunca lograría transformarse ni en el ga-

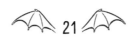

21

tete negro más sencillo. Los otros Flexiformes nunca dejarían de considerarle raruno.

En el extremo del pasillo había un tarro gigante de cristal para colectas con la etiqueta MONEDAS PARA PÓCIMAS. La iniciativa de beneficencia estaba activa esa semana en toda la escuela. Los estudiantes traían su calderilla, y en cuanto se llenaba el tarro, la escuela donaba el dinero a la clínica de un vecindario pobre para que compraran medicinas. Bax rebuscó en sus bolsillos, pero estaban vacíos.

Jolines. Quería haber traído monedas, pero se le olvidó.

Se prometió venir un poco más temprano al día siguiente y traer algunas. En la encimera de la cocina de su casa había un gran cuenco lleno de monedas para el cambio, estaba seguro de que a su padre no le importaría que cogiera un puñado de centavos.

Cuando llegó al aula de Magia del Revés, encontró a la señorita Starr haciendo girar un *hula-hoop* en torno a su cintura. Llevaba una blusa de color rosa chillón y deportivas a juego.

—Te concentras en tu cuerpo, no en tu mente —estaba diciendo cuanto entró Bax.

Había un montón de aros de plástico de colores apilados en la zona alfombrada del aula.

—Igual que con el pino —explicó la maestra dándole aún al aro—, al principio piensas, luego haces. Pero con la práctica, empiezas a hacer sin pensar. Es una forma maravillosa de conectar con tu magia única.

La seño siempre les ponía a hacer cosas que parecían extrañas y tontas. Pinos. Danza interpretativa. Posturas para el equilibrio. Respiración profunda. Dinámica de confianza. Compartir sentimientos.

Bax la admiraba en secreto. Mucho. Pero intentaba mostrarse indiferente, que no se le notara.

La señorita Starr saludó a Bax con un ademán, pero no interrumpió la lección para preguntarle dónde había estado. Seguramente ya lo sabía. Con toda probabilidad, Nory habría contado a toda la clase cómo rescató heroicamente a Bax en un cochecito de bebé.

Notó que se ponía colorado. ¿Cuánta gente le había visto así?

Se dejó caer en el asiento e intentó dejar de pensar en eso. Echó un vistazo a su alrededor. Aparte de Nory y él mismo, ese día solo había cuatro estudiantes de MR en clase.

Andrés flotaba en el techo. Era un Flotante del Revés.

Sebastian veía cosas invisibles. Era un Fluctuoso del Revés.

Pepper asustaba a los animales. Era una Felposa del Revés.

Marigold encogía cosas. Nadie sabía qué era Marigold.

Faltaban dos compis. Elliott, un Flameante del Revés que hacía hielo, y Willa, una Flameante del Revés que provocaba lluvia en el interior de los edificios.

La señorita Starr seguía hablando del simbolismo de los círculos. Luego hizo que todos se levantaran para coger *hula-hoops*. Había sitio para todos en la sección alfombrada del aula.

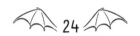

—¡Eh! ¡Bax! —susurró Nory—. ¿Te encuentras mejor?

Bax fingió no haberla oído.

—¡Bax! ¿Puedo decirte algo? —insistió ella.

—Deberíamos darle al *hula-hoop* —respondió el chico.

—Te tapé con una toalla y te metí por la puerta trasera de la escuela.

—¿Que hiciste qué?

Nory se encogió de hombros.

—Detestaría mutar y no poder recuperar mi forma. Y odiaría aún más que me vieran llegar así al cole. Imaginé que no querrías que nadie te viera en el c-o-c-h-e-c-i-t-o.

—Todo el mundo aquí sabe deletrear cochecito, Nory.

—Vale, pero nadie lo vio. Es lo único que quería decirte.

Bax sabía que debía darle las gracias, pero no le salían las palabras. En su lugar, dijo:

—Tú nunca te has quedado bloqueada. Siempre consigues volver a tu forma tras convertirte en algo.

Nory hizo una pausa durante un segundo. Luego respondió:

—¿Te he contado que una vez me convertí en un cachorrito con patas de calamar?

—Uf.

—Pringué de tinta de calamar las zapatillas de mi padre. Luego empecé a mordisquearlas. Me pegué a la pared del baño y le solté un chorro de tinta a mi hermano.

—¡Nory! ¡Bax! —dijo la señorita Starr—. Menos mover los labios y más las caderas. ¡A darle al *hula-hoop*!

Ambos cogieron sus aros, pero Bax no podía concentrarse en su «conexión mente-cuerpo» o lo que fuera que la seño esperaba que practicara. Lo único que tenía en mente era que antes preferiría un *cachorrito con patas de calamar* que una roca. Ni punto de comparación.

3

Elliott y Willa aparecieron durante la clase de mates.

—¿Dónde estabais? —articuló en silencio Nory para que Elliott leyera sus labios.

—En clase de refuerzo —susurró Elliott.

—¿Otra vez? —Nory levantó la mano para preguntar a la profe—. ¿Señorita Starr? ¿Cómo es que Elliott y Willa llevan dos clases particulares y lo demás ni una?

Desde el inicio del año escolar el grupo estaba aprendiendo técnicas de Magia del Revés

con la señorita Starr, pero ahora iban a recibir clases particulares dos veces por semana, centradas en el talento específico de cada uno. Elliott y Willa estaban emparejados, porque ambos eran Flameantes del Revés. Sebastian contaría con un tutor Fluctuoso, dado que su magia tenía relación con la invisibilidad. Nory y Bax iban a trabajar juntos porque los dos eran Flexiformes. Andrés tendría un tutor Flotante, al no poder bajar del techo. Y Pepper, uno Felposo, teniendo en cuenta su magia animal del revés.

La señorita Starr respondió a Nory:

—Lleva su tiempo coordinar a los diversos tutores. El tutor Flameante tiene un horario muy flexible, por lo que Elliott y Willa han podido empezar de inmediato. —Dio unas palmadas—. Ahora, todos, sacad vuestros libros de poesía. Empezaremos con el poema sobre un ave fénix, en la página treinta y ocho, y después de leerlo y comentarlo haremos danza interpretativa. Excepto Nory y Bax. —Le guiñó un ojo a la niña—. Los dos podéis au-

sentaros ahora, para recibir una clase particular del señor Vitomin.

Nory bajó del asiento de un brinco. ¡Yupi-yei! ¡Podía saltarse la danza interpretativa y encima tenía un tutor!

—¿Todavía no han encontrado a nadie para mí? —preguntó Marigold.

—Aún no —respondió la profe—. Tu magia menguante es tan asombrosamente diferente que resulta complicado encontrar un tutor adecuado. Pero puedes estar tranquila, lo lograremos.

—Ayer encogí el cepillo mientras me limpiaba los dientes —contó Marigold—. Casi me lo trago. Me preocupa encoger a alguna persona por accidente cualquier día de estos. ¿Qué haría entonces?

—Prestarle tu diminuto cepillo de dientes —respondió Andrés desde el techo.

La señorita Starr puso una mano en el hombro de la niña.

—Tienes un talento extraordinario, Marigold —le dijo—. No pierdas la fe, ¿vale?

Nory cerró la puerta de la clase tras ella cuando salió con Bax al pasillo. Luego subieron las escaleras hasta el segundo piso. El despacho del señor Vitomin estaba adornado con trofeos deportivos y fotos de felinos salvajes de aspecto fiero: linces, panteras y muchos tigres. Había una neverita en un extremo, y en el otro un mostrador cubierto de bolsas con frutos secos, bayas y todo tipo de comida de aspecto saludable. La habitación olía a infusión de hierbas.

El señor Vitomin era un hombre bajo, pálido y calvo. Tenía las mejillas sonrosadas y fuertes músculos que sobresalían y tensaban el tejido de la camiseta sobre el pecho.

Señaló a Nory y luego a Bax.

—A ver si me queda claro, ¿tú eres Elinor y tú eres Box?

—Me llaman Nory, y él es Bax —respondió Nory.

—Pensaba que era Box. ¿Boxeas, chaval?

El señor Vitomin empezó a dar botes por el despacho como un boxeador profesional.

Bax no dijo ni mu.

—¡Por el amor a las zanahorias, habla, hijo! —exclamó el señor Vitomin—. Oh, ¡eh!, ¿ya coméis los dos vuestros tentempiés de algas y vuestras proteínas? Una buena nutrición es la base de una buena mutación. Todos mis estudiantes se comen una zanahoria, dos sardinas y un puñado de semillas de calabaza antes de cada lección. Y bebemos zumo de granada e infusión de jengibre. —Tendió la mano—. Soy el señor Vitomin, pero podéis llamarme entrenador.

Dio un vigoroso apretón de mano a Nory y luego otro a Bax.

—Soy el entrenador del equipo de balón-gato del curso superior, los Cascabeles de Dunwiddle. Creo que esta temporada tenemos el mejor grupo de rematadores del país. —Sonrió ampliamente—. Además, este año también estamos formando un club de balón-gato, para enseñar a jugar a los principiantes. Me muero de ganas. ¿Vais a ver el partido mañana por la noche?

—¿Qué partido? —preguntó Nory.

—Balón-tigre. Liga profesional. El viernes. ¡Primer partido de la temporada!

—Yo sí —masculló Bax.

Nory no sabía demasiado de balón-tigre. Había jugado a fútbol en la escuela ordinaria, antes de irse a vivir con tía Margo. Y cuando vivía con su padre y sus hermanos, solo le interesaba el deporte a Hawthorn, su hermano mayor.

Sabía que el balón-tigre era un deporte de equipo, y que los Flexiformes de alto nivel lo jugaban con grandes pelotas de hilo... tras adoptar forma de tigre. El balón-gato era la versión infantil.

El señor Vitomin chocó los cinco con Bax. El niño se estremeció.

—El mejor deporte del mundo, ¿eh, hijo? —dijo el señor Vitomin—. ¿Cuál es tu equipo?

—Los Rayados de San Antonio.

—Nooo, los Rayados no tienen nada que hacer este año. Los Saltarines van a arrasar esta temporada, sin duda. —El entrenador se frotó las manos—. Y bien, enseñadme de qué sois capaces.

—¿Como Flexiformes? —preguntó Nory.

—¡Por supuesto!

—Pero, señor Vitomin...

—Entrenador —corrigió él.

Nory tragó saliva.

—Pero, entrenador Vitomin...

—Solo entrenador. Repite conmigo: entrenador.

—¿Entrenador? —dijo Nory.

—¿Sí?

—¿La señorita Starr no le ha explicado nada sobre nosotros? Tenemos la magia del revés.

El entrenador le quitó importancia con un movimiento de la mano.

—Seguramente me pasó vuestros expedientes, no lo sé, y no importa. Sois alumnos de quinto curso, o sea que empezaremos por el gatito. Me voy a dar un poco de bombo ahora, si no os importa, porque soy un buen Flexiforme felino. Una pasada de bueno. ¿Sabéis cuántas clases diferentes de gatos domésticos tengo en mi repertorio?

Nory intentó encontrar la mirada de Bax.

—Venga, adivinad —los animó.

—¿Seis? —preguntó Nory.

—¡Diecinueve! —El entrenador golpeó la mesa mientras sonreía—. Persa, Coon de Maine, siamés, gato salchicha, doméstico de pelo corto en doce colores, de Bengala, de Birmania y Curl americano.

—Anda —soltó Nory.

Pero la niña estaba pensando: «No podemos empezar con gatitos. Bax no hace gatitos. Bax hace rocas. O más bien, una sola roca, la misma roca una y otra vez. ¿No lo entiende el entrenador?».

El señor Vitomin se irguió.

—¿Entonces queréis ver mis gatos domésticos? ¡Pues que no se diga!

El aire centelleó. Los músculos del entrenador Vitomin se abultaron y palpitaron, y... ¡zumm! Pasó por las diecinueve razas de gato, concluyendo con el gato negro que la mayoría aprendía como animal de principiante.

Luego volvió a su forma natural.

Nory aplaudió.

Bax, no.

—Ahora tú, Nory —anunció el entrenador—. Veamos tu gatito.

Nory sí que podía hacer un minino. Un minino negro de principiante, como sabía hacer la mayoría de los Flexiformes de quinto. Sí, su magia era del revés y, sí, a menudo se liaba y le salían animales como la gabra. No obstante, por lo general conseguía mantener la forma gatuna sin problemas. Por lo general. También conseguía mantener controlada su mente humana mientras lo hacía. Aunque requirió mucha práctica, algo que por fin había aprendido unos meses atrás.

Pero lo cierto era que no le costaba demasiado liarse. Añadía al gatete una cabra y, entonces, se convertía en gabra. O añadía un castor y se convertía en castonino. O un dragón, y se transformaba en dragatito.

Se concentró en lo que le pedía el entrenador. Lo hizo. El corazón se le aceleró. ¡Pum! ¡Pum! ¡Pum! Su cuerpo se estiró y encogió.

¡Hurra! Era Minino-Nory. Por el momento, todo iba bien. Meneó la cola, se subió de un salto a la mesa y empezó a lamerse una pata.

—Muy bien —dijo el entrenador, y luego dio una vuelta andando a su alrededor para examinarla desde todos los ángulos—. Tienes mejores bigotes que muchos Flexiformes de primer año. Y ¿puedes oírme? ¿Mantienes la mente humana?

Nory asintió.

—Bien, entonces ¿dónde está el embrollo? ¿Por qué estás en la clase de Magia del Revés?

Minino-Nory le lanzó una mirada de reproche. No debería hablar de embrollos. Debería hablar de talento *inusual*.

—Será mejor que no lo sepa —dijo Bax, huraño.

—Ah, pero quiero enterarme —replicó el entrenador—. ¡Soy el tutor! ¡Adelante, veámoslo, Nory!

Nory asintió. Entonces surgieron en su lomo un par de enormes alas violetas de dragón

y unas afiladas garras curvas crecieron en sus patas gatunas. Era un dragatito.

Rugió, y el señor Vitomin dio un brinco. Luego batió las grandes alas y voló describiendo dos círculos por el pequeño despacho.

Entonces se dio contra el ventilador del techo y cayó sobre el mostrador, mandando por los aires tentempiés de algas y bolsas de frutos secos y provocando explosiones de proteína en polvo.

Uy.

Avergonzada, volvió de repente a ser Chica-Nory. Estaba despatarrada sobre el suelo, cubierta de almendras.

—Lo siento —susurró.

—¡Ha sido fantástico! —gritó el entrenador ayudándola a levantarse—. ¿Has pensado alguna vez en jugar al balón-gato? Con unos poderes mutantes como los tuyos, lograrás hacer el tigre para cuando empieces el instituto, ¡apuesto a que sí! ¡Y eso luego cuenta para las solicitudes a universidades! Y ese bicho en el que te has transformado: me pregunto si podrá pasar como gatito con esas alas y zarpas y todo lo demás.

—Es un dragatito —respondió Nory—. Un dragón-gatito.

—Asombroso —murmuró el profe—. Pues creo que podría colar como juego limpio en la cancha de balón-gato, sí. —Apoyó una mano en su barbilla—. Tu cuerpo es gatuno. Tienes tus cuatro patas. Tendré que echar un vistazo al reglamento.

 38

Nory sintió una oleada de orgullo. Su propio padre no había querido aceptarla en su academia de magia. Pero aquí estaba el entrenador, que sabía mogollón de magia, diciendo que sus poderes le parecían especiales. ¿En serio podría convertirse en un tigre en el instituto? ¿O tal vez incluso en un dragón-tigre... un dragre?

El entrenador era el mejor tutor que había conocido en la vida.

El entrenador era el peor tutor que había conocido en la vida. Bax no le caía bien. De eso se daba cuenta.

Pues, vale. A Bax tampoco le caía bien el entrenador. ¿Balón-gato? ¿Diecinueve gatos domésticos? ¡¿Zumo de granada e infusión de jengibre?!

Este tipo no sería capaz de ayudarle.

Ni siquiera sabía su nombre.

Iba a dedicar todo el tiempo a Nory, cuando ella apenas necesitaba ayuda. A ella, la magia

no se le complicaba tanto como a él, ni punto de comparación.

El entrenador se inclinó sobre Bax. El chico retrocedió.

—¡Veamos ahora tu gatito, Box! No seas tímido. Gatito, ¡y lo que sea que hagas a continuación, sea lo que sea!

Bax se quedó mirando el suelo.

—¡Hijo, despierta! Enséñame tu gatito.

Bax siguió mirando el suelo.

—Puedes hacer un gatito, ¿verdad? —preguntó el hombre.

El chaval negó con la cabeza.

—¿Y qué tal un gatito parcial? Por ejemplo, ¿puedes hacer que te crezca una cola? Algunos alumnos de quinto curso empiezan solo por la cola.

—No.

El señor Vitomin suspiró.

—Bien. Entonces enséñame lo que sepas hacer.

Bax se mordisqueó el interior de la mejilla. Si se transformaba en roca, luego no sería capaz de recuperar su forma original. Entonces tendrían que darle de nuevo el Burtlebox. Ya había tomado una dosis esa mañana, no hacía ni dos horas.

—Estoy aquí para ayudar, por el amor a las sardinas —dijo el tutor—. ¿No quieres ayuda con tu magia del revés?

De hecho, Bax sí quería ayuda. ¡Detestaba convertirse en una roca! Desaparecía. No había manera de saber qué sucedía mientras mantenía forma de roca.

¿Adónde iba él, esa parte que le hacía ser Bax?

Por lo tanto, sí, quería ayuda. Pero creía que el entrenador no sabría ni por dónde empezar.

—Todos los estudiantes pueden mejorar su mutación, pero solo si lo intentan —dijo—. ¿Quieres intentarlo, hijo?

—No soy su hijo —soltó Bax.

El entrenador se pasó la mano por su cabeza calva. Permaneció en silencio un minuto entero, luego se volvió hacia Nory y le dijo:

—Escucha. El lunes empiezan los deportes extraescolares, incluido el club de balón-gato para principiantes. En el club no participarás en competiciones, pero aprenderás este deporte, conocerás gente nueva y te divertirás un montón. Lunes y miércoles. ¿Qué me dices?

—Digo que vale.

Nory sonreía de oreja a oreja.

Bax se limitó a permanecer impasible.

No se convirtió en roca, pero, no obstante, había desaparecido para su tutor.

4

A la mañana siguiente, viernes, Elliott se presentó como de costumbre para ir andando al cole con Nory.

—¿Dónde estabas ayer? —preguntó Nory.

—En el cole, igual que tú —contestó Elliott—. ¿Dónde iba a estar? Eh, ¿cómo fue vuestra primera sesión con el tutor? ¿Os ayuda el señor Vitomin?

—Me refiero a ayer por la mañana —insistió Nory—. Te estuve esperando durante seis mil horas.

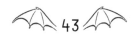

—Como parte de nuestra sesión de refuerzo, Willa y yo fuimos a nadar. Mola, ¿eh?

—Sí. Pero no has contestado mi pregunta.

—Utilizamos la piscina del instituto —continuó—. Nuestro tutor está probando una técnica que se llama aquafusión. Tenemos que conectar con el elemento acuático, ya que somos Flameantes y el agua es lo opuesto al fuego. Willa hizo llover en la piscina.

—Elliott.

—¿Sabes? Creo que hoy hay albóndigas en la cafetería —dijo Elliott—. Es mi día favorito.

Bien. Era evidente que no iba a explicarle nada.

Al llegar al cole, Elliott iba delante y fue el primero en cruzar las pesadas puertas frontales.

—¡Yepa! —Describió una alocada danza con los pies y cayó de culo sobre el suelo—. ¡Ay!

Nory fue la siguiente en resbalar. ¡Pataplán!

—¡Uy!

Marigold se encontraba a escasa distancia, dentro del edificio, y también resbaló. Vaya trompazo.

—¡Canicas! —exclamó—. ¿Por qué hay canicas por todas partes?

A medida que llegaban hordas de niños al cole, casi todos acababan en el suelo. Las extremidades no respondían. Se oían gritos de dolor y sorpresa. Era un auténtico caos.

Nory se arrastró poco a poco hasta un sitio seguro donde apoyarse. Se rodeó las rodillas y recogió una de las canicas.

Oh. En realidad, no era una canica. No estaba hecha de vidrio. Era gris y fría al tacto. Una pequeña roca.

Ahora el ruido en el vestíbulo era tremendo. Algunos estudiantes transformados en gatitos golpeaban las piedras esparcidas por el suelo. Quienes mantenían una forma humana intentaban levantarse y caían otra vez. Algunos Flotantes se lanzaban al aire, pero chocaban entre sí y se estrellaban de nuevo contra el suelo.

Una niña de sexto curso gritó cuando una piedra salió rodando de su taquilla y le golpeó en la cabeza. Un chico de séptimo chilló cuando su amigo le introdujo un puñado de rocas por detrás del pantalón.

—¡Basta! —La voz atronadora del director González, surgido de la nada, reverberó en la entrada. El director era un Fluctuoso; podía hacer esa clase de cosas—. Alumnado, recuperad el control. ¡Flexiformes, mantened la forma humana! Flotantes, los pies en el suelo de inmediato. Que todo el mundo deje de moverse. He llamado a la conserje, y está en camino.

Nory escudriñó entre el bosque de cuerpos. El director González se ajustó la corbata.

—Parece que nuestras Monedas para Pócimas se han convertido en piedras por arte de magia, todo el enorme tarro —dijo—. Alumnos de octavo curso, si esto es un bromazo, no tiene gracia.

—¡No hemos sido nosotros! —voceó una chica de octavo.

El director estudió al grupo de octavo e hizo un gesto de asentimiento.

—Debo inspeccionar los otros pasillos. Que-

daos todos donde estáis hasta que retiremos las piedras. No nos interesa que nadie se lesione.

Luego se desvaneció.

La gente empezó a murmurar, primero entre susurros y luego en voz más alta.

—¡Teníamos miles de centavos ahí, como mínimo! ¿Quién va a devolvernos las monedas?

—Tiene que ser alguna cosa de la Magia del Revés.

—El tarro de Monedas para Pócimas debe de haber explotado —dijo alguien.

—¿Crees que esa panda de tarados puede hacer explotar cosas?

—No lo sé.

—¿Pueden convertir centavos en piedras?

—Mi madre dice que son peligrosos.

—No es culpa suya... Nacieron así.

—¡Es culpa suya si les da por convertir en piedra nuestra colecta de dinero!

Marigold, junto a Nory, se apoyó en la fuente de agua para levantarse. Se intentó incorporar despacio, pero sus pies volvieron a patinar sobre una roca. Dio con el codo en el tirador de la fuen-

te. ¡Plas! El agua salió a chorros... y la rociada alcanzó la cara de Lacey Clench como una bofetada.

Lacey Clench era la malota número uno de los Chispazos, el grupo de Flameantes que tan mal lo hacía pasar a los estudiantes de MR.

Al igual que la mayoría de los abusones, Lacey era celosa y estaba asustada y decepcionada. Eso la volvía mala. Además, era poderosa. No porque su magia Flameante lo fuera, sino por su personalidad. Creía en las reglas y era una líder nata, con grandes ocurrencias.

Lacey hizo arder los neumáticos de la bici de Elliott, derritiéndolos hasta convertirlos en un pringue de goma. Había pegado fuego a la correa de Andrés que impedía que el niño se fuera volando por el cielo cuando iba por la calle. Se había burlado de Bax. Insultaba a Nory cada vez que tenía ocasión.

Lacey y sus amigos Chispazos, Rune y Zinnia, solo traían problemas.

Ahora Lacey estaba empapada por el agua de la fuente.

—¡So tarada! —gritó a Marigold.

Se le había pegado al cráneo el fino cabello rubio, y tenía sus grandes gafas redondas salpicadas de gotitas. Con un gemido, se escurrió el faldón de la chaqueta de punto.

—¡Mi jersey ha quedado hecho un asco!

—Una piedra me ha hecho perder el equilibrio —dijo Marigold tocándose el audífono como si los gritos de Lacey lastimaran su oído—. Lo siento, ha sido un accidente.

Lacey aulló aún más fuerte:

—PARECE QUE NO ME HAS OÍDO. ¡HAS ECHADO A PERDER MI JERSEY!

—Te oigo a la perfección —respondió Marigold sin alzar la voz—. No he perdido mi audífono. Pero tú sí has perdido los modales.

—¿Qué acabas de decir?

—Ya me he disculpado. —Aunque le temblaba la voz, Marigold no se intimidó—. Ha sido un accidente, y no deberías burlarte de mis problemas de oído.

Nory estaba impresionada. Marigold era una valiente.

—Tengo derecho a enfadarme —ladró Lacey. Señaló su jersey empapado—. No puedo pasar el resto del día así.

—¿Los Flameantes no tenéis ropa de repuesto en las taquillas por si acaso algo se quema? —preguntó Nory—. Pues vete a cambiarte.

El rostro de Lacey se crispó con un gesto horrible.

—¿Y qué tal si vas y desapareces?

—Es solo agua.

—Y tú solo eres una tarada del revés que no sabe que la lana no debe mojarse. —Una nueva luz iluminaba los ojos de Lacey—. Oh, qué fuerte, has sido tú, ¿verdad?

—¿El qué?

Lacey hizo un amplio movimiento con la mano por el aire.

—Las piedras. Has convertido las Monedas para Pócimas en piedras, ¿no es eso?

—No —dijo Nory—. Eso ni tan solo es posible.

—Entonces igual fue Marigold quien las encogió. ¿No es así, Marigold?

—Entonces serían centavos diminutos —indicó la niña riéndose con incredulidad— y no rocas.

Lacey se adelantó y le dio un empujón.

—No te rías de mí.

—¡Eh! —soltó Marigold con un aullido.

Lacey quiso empujarla otra vez, pero Marigold levantó antes la mano, agarró a Lacey por la muñeca, y el aire resplandeció en torno a sus dedos.

—¡Marigold! ¡Para! —gritó Nory.

La niña apartó la mano, pero era demasiado tarde. Lacey ya se estaba encogiendo.

Cada vez más pequeña.

Y más pequeña.

—No ha sido mi intención —gritó Marigold—. ¡Encojo cosas todo el rato sin querer!

El cuerpo de Lacey se encogió como un globo al desinflarse.

Sus brazos se volvieron diminutas varillas.

Su cabeza era del tamaño de un tomate cherry.

La minúscula chaqueta de punto seguía mojada.

Finalmente, cuando medía menos de diez centímetros, Lacey dejó de encogerse.

Algunos estudiantes soltaron un jadeo. Otros una risotada.

—¡So bruja! —gritó Lacey desde el suelo. Su voz era un chillido.

—Parece una muñeca —dijo una niña de sexto curso.

—Es demasiado pequeña para ser una muñeca —replicó otra cría.

Lacey la Diminuta pateó el suelo con su diminuto pie.

—No soy una muñeca. ¡Zinnia! ¡Levántame!

La amiga de Lacey se aproximó horrorizada. Cogió con delicadeza a Lacey entre el pulgar y el índice y la puso en el bolsillo exterior de su mochila, que dejó desabrochado.

—¡Llama a mi madre! —gritó Lacey la Diminuta—. ¡Inicia una petición de firmas! ¡Paremos la Magia del Revés! ¡Llama a mi padre también! ¡Llévame a la enfermería! ¡Llévame a ver al director! ¡Quiero un jersey seco!

Zinnia transportó con cuidado la mochila

en dirección a la consulta del enfermero Riley, seguida por Rune. Iban de puntillas para evitar las piedras.

La aguda voz de Lacey siguió oyéndose más rato de lo que Nory hubiera imaginado.

—¡Rune, dame un pañuelo! ¡Quiero secarme! ¿Crees que debería llamar al diario? Necesitaremos fotos. Zinnia, tengo hambre. Quiero una uva. Tendrás que cortarla en cachitos pequeños.

Marigold gimió:

—Me siento fatal.

Nory le dio una palmadita en el brazo.

—No te preocupes.

—Eso dices, pero ¡tú también estás preocupada! —se quejó Marigold—. ¡Lo veo en tu cara!

Nory intentó controlar su expresión, pero Marigold estaba en lo cierto. Lacey Clench podía haberse empequeñecido, pero seguía siendo capaz de montar una buena.

5

Nory observó al director González reaparecer con un equipo de profesores y conserjes. Venían armados con escobas, recogedores y aspiradoras. Limpiaron el vestíbulo central de piedras y luego pasaron a los pasillos. Los estudiantes empezaron a circular otra vez. La gente se echó al hombro las mochilas con libros para dirigirse hacia las aulas.

La voz de una niña resonó con fuerza:

—¡Mirad! ¡Hay una gran roca en medio del vestíbulo!

«Oh, no —pensó Nory—. ¡Bax!».

Se apresuró hasta el círculo que se había formado en torno a la roca. Elliott la acompañó.

—Se trata de nuestro amigo —dijo Elliott abriéndose paso—. Nos ocuparemos de él.

Se arremolinaron más alumnos en torno a ellos.

—¿Es vuestro amigo? —preguntó alguien—. ¡Es una roca!

—Es un Flexiforme algo inusual —les explicó Nory. Las mejillas le ardían cada vez más—. Normalmente es un niño.

—¿Puede convertir otras cosas en rocas?

—No —dijo Nory—. Su magia no funciona así.

—¿Cómo lo sabes? ¿Puede ser que él haya convertido las monedas en rocas? ¡Apuesto a que eso es lo que ha sucedido!

—Que no, no funciona así —insistió Nory—. Él solo transforma su propio cuerpo, como cualquier otro Flexiforme.

Pero nadie le prestaba atención.

—No los tenía por tan peligrosos, pero ahora empiezo a preocuparme —dijo alguien.

—¿Qué aspecto tiene este chaval cuando es humano? —preguntó otro—. Deberíamos saberlo para no acercarnos a él.

Lo dijo con tal crueldad que a Nory le entraron ganas de llorar.

La multitud congregada era cada vez más numerosa en torno a ellos: Nory, Elliott y Roca-Bax. La niña no estaba segura de qué hacer. Confió en no mutar sin querer. Confió en que Elliott no congelara nada.

—Nory, necesitamos sacar a Bax de aquí —dijo Elliott en voz baja.

—Pero ¿cómo?

—¡Por favor! —La voz retumbante pertenecía al director González—. Me avergüenzo de todos vosotros —dijo acercándose a zancadas para disolver el grupo—. No os quedéis mirando boquiabiertos a un compañero mutado. Eso es algo que ya deberíais saber. Venga, todos a clase... ¡Ahora!

Nory dio un paso, pero notó la mano del director González en el hombro.

—Excepto tú, Nory Horace. Por favor,

ve a buscar la carretilla y lleva a Bax a la enfermería.

Nory asintió y trajo la carretilla rodando desde su clase.

Esta vez no había entrada trasera.

Esta vez lo vio todo el mundo.

Nory podía sentir cómo los juzgaban.

Pero, por el bien de Bax, mantuvo la cabeza bien alta.

El enfermero Riley estaba en su consultorio tan alegre como siempre. Recogió a Bax en la carretilla, pero lo dejó en un rincón.

Lacey la Diminuta estaba sentada justo en el extremo de la camilla, y fulminó a Nory con la mirada.

—Sí, sigo siendo pequeña —dijo con un hilo de voz. Tenía sus diminutos brazos cruzados sobre el diminuto pecho. Las diminutas piernas colgaban sobre la vasta distancia entre la camilla y el suelo—. La escuela tendrá noticias de mis padres, se va a enterar.

—¿Ha intentado desencogerla? —preguntó Nory al enfermero.

Riley asintió.

—Deberá ir al hospital, me temo. Sus padres han enviado un taxi aéreo para transportarla.

Lo más probable era que el taxi fuera tía Margo.

—¿Podrán solucionar su problema los médicos del hospital? Marigold no logró desencoger su cepillo de dientes, ni el coche de su abuelo —explicó Nory.

—Ah, pero los coches son coches y los humanos son humanos. Apuesto a que encontrarán una manera. Tienen mucha más experiencia que Marigold. Seguramente, Lacey tendrá que seguir con su nueva estatura durante un par de horas, pero estas cosas pasan, ¿no es así?

—¡No! —gritó Lacey la Diminuta—. ¡Estas cosas no pasan! Estos tarados son peligrosos. ¡No deberían permitirles venir a Dunwiddle!

—No nos pongamos dramáticos —advirtió el enfermero Riley—. Trato muchas más que-

maduras provocadas por Flameantes que a gente encogida por Marigold.

Lacey la Diminuta dio un resoplido.

—No es lo mismo en absoluto —continuó, y señaló a Nory con su raquítico dedo—. Ya puedes decirle a Marigold que esto no ha acabado. ¡En absoluto!

Nory no sabía qué decir.

Así que, en vez de hablar, se transformó en un dragatito.

Saltó sobre la camilla de la enfermería e ir-

guió su cuerpo de dragatito sobre Lacey la Diminuta. Dragatito-Nory sacudió las alas y enseñó los dientes.

—¡Grrr!

Lacey la Diminuta soltó un grito.

El enfermero Riley cogió a Dragatito-Nory por sus sobacos de gatito y lo mantuvo apartado con una mano. Con la otra, le cerró la boca para que no pudiera arrojar fuego. Luego lo sacó al pasillo, dejándolo en el suelo con suavidad. Le dijo que volviera a su forma humana y también que le debía una disculpa a Lacey la Diminuta.

Era evidente que estaba enojado.

Nory hizo lo que le pidió el enfermero Riley, aunque en realidad no lo lamentaba.

6

En el aula de MR todo el mundo necesitó un rato para calmarse. La señorita Starr, vestida con pantalones rojos de pata ancha y jersey turquesa, declaró que era un buen momento para un ejercicio de confianza. Todos sus alumnos debían acercar sus sillas formando un círculo y enlazar las manos. La profe le dio a Andrés una mochila llena de ladrillos para que se la pusiera y luego lo sujetó a la silla con un cordón elástico. Aun así, él y la silla flotaban unos cinco centímetros por encima del suelo.

—Ahora daremos un apretón al círculo, todos a la vez. Yo aprieto la mano de Pepper, Pepper la de Willa, ¡y así sucesivamente! —explicó la seño sonriente—. Es como si nos uniera una corriente de electricidad.

La mano de Nory estaba sudada. Bax no había regresado todavía de la enfermería. Apretó la mano de Marigold cuando Elliott apretó la suya.

Estaba preocupada por las piedras de la entrada.

Volvió a apretar la mano de Marigold cuando Elliott apretó la suya.

Le preocupaba lo que pudiera tramar Lacey la Diminuta en venganza.

Apretó otra vez la mano de Marigold cuando Elliott apretó la suya.

Se convirtió en un cachorrillo con patas de calamar.

«¡Yupiyey! —pensó Calachorro-Nory—. Tengo mis tentáculos pegados al suelo. ¿Le doy aún la mano a...?».

No. Elliot y Marigold habían soltado las patas de calamar de Nory y la miraban fijamente.

—Pero vaya movida... —dijo Marigold.

«¿Perdón? —pensó Nory—. ¿Acaso Marigold no debería ser extracomprensiva con su magia embrollona después de lo que le había hecho a Lacey esta mañana?».

Y, además: «Oooh, qué bien huele esa zapatilla deportiva. Igual debería mordisquearla un poquito. Síí. Uy, síí».

Y luego: «¿Y quién es esa humana espeluznante que lleva la zapatilla?».

Era Pepper, por supuesto. Pero Calachorro-Nory no lo entendía. Había perdido el control de su mente humana. Lo único que se le ocurrió fue: «¡Corre! ¡Escóndete!».

Ese era siempre el efecto de la magia feroz de Pepper. Asustaba a los animales y los mandaba aullando y berreando hacia las colinas.

Calachorro-Nory se alejó disparada de Pepper, lo más rápido que pudo. «¿Dónde podría esconderme? ¡Oh! ¡Sí! ¡Una pata ancha de pantalón rojo! Del tamaño perfecto para un calachorro asustado».

Calachorro-Nory trepó por la pierna de la

señorita Starr para escabullirse y se alojó justo debajo de la rodilla, rodeando la pantorrilla de la maestra con sus tentáculos. La pantorrilla, cubierta por un calcetín a rayas, olía a loción corporal con fragancia a vainilla.

La señorita Starr dio una palmadita a Calachorro-Nory en su cabeza perruna a través del tejido de los pantalones.

—Calma, calma, Nory —dijo—. Todo va bien. Solo se trata de Pepper. ¿Puedes recordar tu mente humana? Pepper es tu amiga. No va a hacerte daño.

Calachorro-Nory profirió unos gimoteos perrunos.

Se oyó una sonora risotada.

Sebastian dijo:

—Andrés, tu risa parece una enorme polilla peluda descendiendo en picado por la habitación.

Sebastian podía ver las ondas sonoras además de oírlas.

Otra risa acabó en un ataque de tos.

—¡Elliott! —chilló Marigold—. ¡Me has escupido!

—Pues ahora tienes carámbanos en el pelo —dijo Andrés—. La saliva de Elliott se ha convertido en hielo.

Marigold chilló de nuevo, y Sebastian gimió.

—¡Tus chillidos parecen cuchillos para cortar carne! ¡Me están atacando!

—¡Solo es hielo! —dijo Willa—. ¿A qué viene tanto alboroto?

—¡Es el escupitajo de Elliott! —gritó Marigold.

—¡Clase! ¡Niños y niñas! —dijo la señorita Starr con voz asombrosamente tranquila—. No puedo andar con los tentáculos de Nory rodeándome la pierna.

Todo el mundo paró de reír y chillar. Nory todavía era un calachorro y seguía dentro de la pernera de la maestra.

—No quiero gritar si Sebastian es tan sensible a las ondas sonoras —continuó la profe—. Todos estamos sensibles esta mañana, ¿no creéis? Así que tengamos presentes a nuestros amigos.

El aula se quedó en silencio. Todo el mundo estaba muy sensible después de lo de las rocas del vestíbulo y el encogimiento de Lacey Clench.

—Pepper, voy a pedirte que salgas al pasillo y vayas con Sebastian al cuarto de material artístico —continuó la señorita Starr—. Por favor, traedme brillantina, cola, palos e hilo. Vamos a saltarnos las matemáticas esta mañana para realizar un proyecto artístico terapéutico. Tomaros vuestro tiempo, Pepper, ¿de acuerdo? Y mientras tanto ayudaremos a que Nory recupere su personalidad humana.

Calachorro–Nory relajó un poco los tentáculos y asomó la cabeza por la pernera para mirar a aquel ser espantoso. Era muy pequeña para ser una criatura tan TERRORÍFICA. Cuando salió por la puerta del aula, miraba al suelo y gimoteaba un poco.

Un momento después había desaparecido.

Uf. Eso estaba mucho mejor.

Calachorro–Nory no sabía qué hacer a continuación. Dentro del pantalón de la maestra se estaba calentito, estaba oscuro, y a su parte de calachorro le parecía un plan excelente quedarse justo ahí. A su parte de niña tampoco le convencía la idea de salir de la pernera. Tendría que enfrentarse a todo el mundo. Se reirían. Marigold había dicho: «Vaya movida».

Pero sabía que no podía esconderse eternamente. Empezó a descender por la pantorrilla de la profe, retrocediendo centímetro a centímetro. Pronto notó el aire fresco en la cola y los cuartos traseros.

—¿Elliott? —dijo la señorita Starr—. ¿Puedes venir y ayudarme a retirar a Nory de mi pierna, por favor?

Con Pepper fuera del aula, Calachorro-Nory rodeó con los tentáculos el brazo de Elliott, a quien dedicó una sonrisa perruna.

—Mola un montón —dijo Elliott con amabilidad—. Nunca antes te había visto este bicho.

Y con Elliot tan afable y hablándole a ella directamente, como si esperara que su mente humana entendiera, Nory recuperó al instan-

te su forma de niña. Al encontrarse abrazada a Elliott, retrocedió con torpeza.

La señorita Starr indicó a todo el mundo que llevaran de nuevo las sillas hasta los pupitres y que se pusieran las batas.

—Ya ha sido suficiente barullo por hoy, creo —dijo la seño—. Es hora de escuchar a Mozart y expresarnos con purpurina.

—¿Quieres oír una pataleta? —preguntó tía Margo aquella noche.

Había anochecido y Margo había vuelto del trabajo. Ella y Nory estaban zampándose una pizza en el sofá.

—Por supuesto —respondió la sobrina.

Le encantaba oír las pataletas de su tía. Margo era una Flotante, y muy fuerte. A diferencia de la mayoría, podía transportar gente con ella. Así había acabado haciendo ese trabajo. Llevaba un servicio de taxi... pero en vez de conducir un taxi, tía Margo era el taxi.

A menudo, las pataletas de su tía tenían que

ver con gente que mentía sobre el número de pasajeros a la hora de hacer la reserva o personas que insistían en que cargara con las bolsas de la compra en sus tobillos en vez de aguantarlas ellas mismas. Pero, esta vez, Nory sospechaba que la pataleta guardaba relación con la jornada en su escuela.

—De hecho, el servicio ha sido en tu cole.

Tía Margo habló con la boca llena. Era algo que su padre no permitía en su casa. No permitía comer ante la tele ni tampoco poner los pies encima de la mesita de centro.

Nory ya llevaba un mes viviendo con tía Margo. Añoraba a Hawthorn y Dalia, sus hermanos. También echaba de menos a su padre, suponía. Pero lo que no echaba de menos era su interminable lista de reglas.

—Este cliente horrible me llamó en el último minuto. El señor Clench. Y no quería pagar la tarifa completa. Me pidió que llevara a su hija desde el cole hasta el hospital, con lluvia, debería añadir... y quería pagar solo la cuarta parte de la tarifa habitual.

A Nory el corazón le latió con fuerza. Lo sabía. ¡Clench! ¡El cliente horrible era el padre de Lacey!

—Estaba de los nervios porque su hija apenas medía diez centímetros. Había sufrido alguna clase de accidente mágico. Tal vez estoy siendo demasiado dura con él —añadió tía Margo—, pero no se trataba de una emergencia médica, y no parecía entender que yo cobro por la duración del servicio, sin descuento para pasajeros diminutos. «Treinta minutos son treinta minutos», le he dicho.

—¿Han arreglado a Lacey? —preguntó Nory—. ¿Ha vuelto a su tamaño normal?

—No lo sé. Me largué en cuanto la dejé en el hospital —explicó la mujer—. Pero parecía de lo más saludable, aparte de haberse quedado tan pequeñita. ¡Oh! Y culpaba a tu amiga Marigold, pero no conseguí sacar nada en claro de todo lo que contaba. Vaya con la niña, qué hostilidad... —Margo cambió la postura de los pies sobre la mesa de centro y cruzó los tobillos—. Bien, ¿y qué sabes tú de este asunto?

Nory se metió un gran bocado de pizza en la boca para ganar tiempo. No estaba segura de cuánto quería revelar. Cuando vivía con su padre, la familia no hablaba demasiado de su magia del revés. De hecho, intentaban no mencionar cosas desagradables. Jamás.

Tía Margo era más abierta. Era la hermana de la madre de Nory. (Su madre falleció hacía mucho tiempo.) Aunque tía Margo veía las cosas de modo muy diferente que su padre, Nory aún no estaba segura de querer compartir con ella lo mal que habían ido las cosas ese día.

—No me llevo bien con Lacey Clench —dijo finalmente—. Pero ¿sabes qué? Voy a apuntarme a balón-gato para principiantes. Hay un club en el cole.

—¿Balón-gato? —preguntó tía Margo—. Me encanta el balón-gato.

—¡Ah!, ¿sí?

—Tu madre era una gran rematadora y yo solía ir a todos sus partidos. En el instituto jugó en un equipo campeón estatal. Le sirvió para entrar en aquella facultad tan elegante, y allí con-

siguió su licencia para tigre. Y vaya pedazo de tigre, si me permites que lo diga. No me gusta tener conmigo en casa grandes carnívoros, aunque sean parientes próximos. Solíamos compartir cuarto de baño cuando ella volvía de la uni. De repente, yo entraba y me encontraba un tigre sentado ante el tocador, examinándose el bonito pelaje.

Guau. Nory sabía que su madre era una Flexiforme, pero nunca había oído hablar del tigre ni del balón-gato.

—Creo que habría llegado a profesional si no hubiera conocido a tu padre y si no se hubiera interesado por la medicina. De todos modos, era una jugadora genial. Deberías haberla visto saltar cuando el balón de hilo venía en su dirección.

—El entrenador es majo de verdad —dijo Nory—. Me ha invitado a apuntarme. Solo hay un problema...

—¿De qué se trata?

—No sé las reglas.

Tía Margo sonrió burlona.

—Hay un partido de balón-tigre esta noche. Empieza la temporada, Rayados contra Saltarines. ¿Lo vemos? ¿Y nos hacemos palomitas? Te explicaré el reglamento. Podemos invitar a Figs; nunca dice que no a un buen partido de balón-tigre.

Y eso hicieron. El novio de tía Margo, Figs, trajo unos rollitos de canela que había horneado.

—¿Ves la torre en medio de la cancha? —preguntó tía Margo.

Nory asintió.

—En lo alto de la torre hay una canasta. Cada equipo tiene nueve pelotas de hilo: nueve oportunidades de anotar.

—Ya entiendo —dijo Nory dando un gran bocado al rollito de canela.

—¡Les toca a los Saltarines! —chilló Figs.

Era Flexiforme como Nory. Su animal preferido era un San Bernardo. Pero, en este momento, era un ser humano de piel aceitunada que vestía vaqueros y el jersey azul de los Saltarines.

—De acuerdo —dijo tía Margo—. Los Saltarines sacan. Son los que llevan el cuello azul. Deben empezar en el extremo de la cancha, pasar la pelota de hilo, trepar por la torre y meterla en la canasta. Pero, mira, al mismo tiempo, los Rayados, los tigres con el cuello blanco, intentan impedirles anotar desovillando el hilo.

En la tele, los Rayados estaban arrebatando la pelota de hilo de las patas de los Saltarines. El hilo azul ahora se extendía por toda la cancha.

—Una vez se acaba el hilo, le toca sacar al otro equipo —añadió—. Sacan una nueva pelota de hilo con el color de su equipo.

—¡Ahí van los Saltarines! —gritó Figs—. ¡Se suben por la torre! Ahí están, van a...

—¡Tanto! —vitorearon todos.

Los tres celebraron la victoria del equipo.

En casa del padre de Bax había mariquitas. No una mariquita, sino ocho... No, nueve. No volaban ni se posaban entre las plantas, parecía que estuvieran viendo la tele. Estaban todas

juntas en el reposabrazos del sofá, cerca del sitio favorito de su papá.

—¿Estás haciendo algo Felposo con estas mariquitas o puedo apartarlas? —preguntó Bax.

Su padre era un Felposo, pero era alérgico al pelaje, motivo por el cual no tenían ninguna mascota en casa.

—Como prefieras... —dijo su padre.

—¿No podrías pedirles que volaran hacia fuera y ya está?

El padre negó con la cabeza.

—Estoy demasiado cansado. ¿Por qué no las juntas en una taza?

Bax sacó las mariquitas al jardín. Luego practicó piano y dobló la colada en el suelo del salón mientras su padre preparaba para cenar unas tostadas con queso y pepinillos. Los padres de Bax se habían divorciado el año anterior. No mucho antes, Bax había cumplido diez años y entonces fue cuando se transformó en una piedra.

Antes de eso, Bax confiaba en ser Fluctuoso, como su madre, o Flotante, como un par de amigos de la escuela de estudios generales. Fuera la magia que fuese, sabía que no tardaría en surgir... pero no contaba con que no fuera a enterarse cuando sucediera.

En un momento dado estaba sentado al aire libre, lamiendo un cucurucho de helado de chocolate, y lo siguiente fue despertar en el hospital, con el sabor amago del Burtlebox en la boca.

Su madre había ido al hospital para reunirse con ellos. Era una situación delicada y triste, dado que sus padres ya no vivían juntos. Bax regresó a casa de su madre con varios frascos de Burtlebox y una larga lista de precauciones.

No mucho después, su padre oyó hablar del programa de Magia del Revés que iba a iniciarse en Dunwiddle y alquiló una nueva casa cerca de la escuela. La vivienda estaba bien, pero seguía encontrándola digamos que vacía.

Bax pensaba que su padre también se sentía un poco vacío. Pero no sabía cómo hablar del tema. Llevaban ya una semana comiendo tostadas con queso para cenar, y eso le daba que

pensar a Bax. Creía que algo iba mal. Su padre se sentó entonces a la mesa y dijo:

—Tengo que contarte algo...

Aquello confirmaba sus sospechas.

—Vale. —Estaba asustado—. ¿Qué?

—Me he quedado sin trabajo.

Su padre trabajaba en las oficinas del museo de arte local, con un montón de ordenadores. En realidad, Bax no entendía del todo lo que hacía.

—Oh. —Al crío se le hundió el corazón—. Me tenía intrigado que volvieras a casa tan temprano.

—Me despidieron la semana pasada.

—Me tenía intrigado que volvieras temprano también todos los días de la semana pasada.

—Confiaba en poder encontrar otro trabajo antes de tener que decírtelo. Pero eso no ha sucedido todavía.

—¿Por qué te han despedido?

—Ha habido muchos despidos. No es que hiciera algo mal, sencillamente ya no me necesitan.

—¿Puedes encontrar otro trabajo?

—Por supuesto. Eso espero.

—¿Nos quedaremos sin dinero?

—Tengo ahorros, no te preocupes.

—¿Y si tomaras píldoras para la alergia? —preguntó Bax—. Podrías emplear tus habilidades de Felposo. Igual te daban trabajo en un acuario...

Unos años atrás, fueron juntos un día al acuario, y fue asombroso para Bax observar a su padre comunicarse con los bancos de saltarinas truchas arcoíris o con los peces loro. Intentaban danzar mientras seguían a su padre, que iba dando brincos por el lugar.

—Ya no ejerzo mi magia —dijo su padre—. Tendré que buscar una ocupación que requiera mi coco en vez de eso.

—Veamos el partido de balón-tigre —sugirió Bax. Hizo que su voz sonara animada, para alegrar a su padre—. ¿Vale?

—A que ganan los Rayados... —contestó su padre forzando una sonrisa—. Los Saltarines no se van a comer un rosco.

Se llevaron la tostada con queso al sofá y vieron el partido. Al acabar, había cuatro mariquitas más sentadas junto a su padre.

Los Rayados perdieron.

Al día siguiente, la madre de Bax recogió a su hijo por la mañana para llevarlo a Cider Cup by the Sea, donde ella trabajaba como agente de policía. Hasta el divorcio, toda la familia había vivido en esa casa. Últimamente, Bax pasaba las noches del sábado y del martes con su madre; el resto del tiempo estaba con su padre, que vivía más cerca del cole.

Se le hacía difícil. Siempre tenía la camisa que quería ponerse en casa del progenitor equivocado.

El sábado por la noche, madre e hijo vieron juntos una película. Bax escogió una divertida, con muchas persecuciones en coche, que su madre pagó *online*. Como ella era una Fluctuosa y se le daba bien todo lo relacionado con la luz, vieron la película en gran formato, proyectada en la pared blanca del salón.

El domingo, Bax tuvo clase de piano y, tras acabarla, mientras su madre lo llevaba a casa en coche, se convirtió en roca otra vez. Se despertó en la cama, en casa de su padre, con el mal sabor del Burtlebox en la lengua.

A la mañana siguiente, el padre de Bax estaba callado. Preparó huevos revueltos para ambos, pero no puso las noticias de la radio como solía hacer ni preguntó a Bax por la semana que comenzaba. El niño preparó la mochila y se puso una chaqueta.

—Adiós —dijo vacilante al pasar junto a su padre.

Quería abrazarle o decirle algo, pero no sabía por dónde empezar.

—Adiós —respondió su padre con desánimo.

Bax salió por la puerta principal. En la entrada había una ardilla rayada, de aspecto alicaído. Tras olisquear la puerta, miró a Bax con sus grandes ojos de ardilla.

—No puedes entrar ahí —dijo Bax—. Esta no es una casa para ardillas.

El animal se desplomó en el suelo.

—Vete a jugar —dijo Bax.

La ardilla permaneció bocabajo en el felpudo de bienvenida.

—No puedes entrar —insistió Bax—. Jolines.

La ardilla se agitó con un suspiro. No se
movía del felpudo.

—De acuerdo —dijo Bax dirigiéndose hacia la acera—. Haz lo que te dé la gana.

Después de andar unos metros, se volvió
para mirar. La ardilla seguía ahí.

7

Ese día en el cole, Nory, Pepper y Marigold
se hallaban detrás de Lacey Clench en la cola
para el bufé de ensaladas. Lacey había recuperado su tamaño normal.

Tras servirse una ración de zanahorias, se
dio media vuelta.

Lo mismo hizo Rune, y luego Zinnia.

Nory, Pepper y Marigold retrocedieron.

—¿Sabéis que estuve cinco horas en el hospital el viernes por la noche? —soltó Lacey con
los brazos en jarras—. Tuvieron que ponerme

diez inyecciones, porque esa es mi edad, y tuvieron que volver a hacerme crecer, lo cual me dolió un montón. Me obligaron a beber dieciocho tazas de agua de coco en el transcurso de cinco horas, para purgar mi organismo.

—Cuánto lo lamento —dijo Marigold—. Sé que piensas que lo hice adrede, pero no fue así. Lo juro.

—Eso es lo que tú dices —ladró la cabecilla de los Chispazos.

—Lacey ha empezado a recoger firmas —explicó Rune—. Y ya tiene tres para su petición.

—¿Petición? —repitió Pepper.

—No soy de las que se quedan de brazos cruzados —replicó Lacey—. Me gusta pasar a la acción.

Pepper extendió las manos.

—Pero una petición, ¿para qué?

—Para que retiren el programa MR de Dunwiddle —respondió Lacey—. Y también a los estudiantes de MR. Creo que conseguiremos un gran apoyo. —Entonces sonrió—: Sois un peligro para el resto de nosotros.

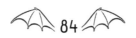

—Tú eres mucho más peligrosa que nosotros —soltó Nory—. Tú fuiste la que hizo magia flameante sin autorización y le quemó la correa a Andrés. Podría haber muerto.

Lacey se burló con desdén:

—El año pasado, los estudiantes Fluctuosos querían contar con un entrenador de zambullida invisible y poner en marcha un equipo en la piscina del instituto, así que redactaron una propuesta y consiguieron cincuenta firmas. Y ¿sabes qué?

—¿Qué?

—Este año hay equipo de zambullida invisible. El director González tuvo que organizar uno. Porque los Fluctuosos consiguieron las firmas. Y cuando yo consiga cincuenta, le entregaré la petición, y vuestro programa para tarados va a ser historia. —Lacey dio en el suelo con su pie-de-tamaño-normal-recuperado—. Historia pasada.

Esa tarde, Nory fue al club balón-gato después de las clases. Estaba ilusionada y sentía gran curiosidad. Intentaba no pensar en la petición de firmas de Lacey Clench.

Otros tres Flexiformes principiantes aparecieron por allí. Nory no los conocía. La verdad, no conocía a más Flexiformes de su edad, aparte de Bax.

Por lo visto, Akari, Finn y Paige tampoco conocían a Nory. Al menos, nadie la señaló con el dedo. Y no escuchó ningún cuchicheo.

El entrenador empezó por hacerles beber a todos un vaso de zumo de granada y comer un trozo de alga seca.

—Va bien para el tono muscular —explicó.

Luego les pidió que se presentaran y que adoptaran brevemente su forma de gato, que era lo que iban a practicar hoy.

—El tamaño de vuestro minino no importa —dijo—, pero unas patas ágiles y fuertes colas revelan un buen jugador.

Las formas gatunas de todos los Flexiformes eran estables. Nory estaba impresionada. Akari se convirtió en un gato atigrado. Paige, en uno anaranjado con una preciosa cola de ese color.

Finn era negro con patas blancas. Nory se transformó en su minino negro básico y mantuvo la forma con precisión.

—No siempre puedo mantener la forma después de quince minutos —les comentó cuando recuperó de golpe su estado de niña—. Pero el entrenador dice que debería intentarlo de todos modos y jugar a balón-gato.

—A veces también yo vuelvo a mi forma humana —dijo Paige.

Era pálida y alta, con unas pecas muy monas. Llevaba su largo pelo castaño recogido en una estilosa trenza holandesa.

—Los gatos no me resultan fáciles. En serio, se me da mejor la familia de los roedores. Pero estoy practicando. La práctica hace al maestro, ¿no es así? —sonrió esperanzada.

«Paige se imagina que soy una Flexiforme típica —pensó Nory—. Debe de creer que estoy en sexto curso. No parece saber que mi magia es del revés». Le hacía gracia que no lo supiera, pero también tenía la impresión de estar mintiendo en cierto modo.

Cuando el entrenador se fue al cobertizo para buscar las pelotas de hilo, Finn se arrojó sobre la hierba en su forma humana.

—¿Dónde pusieron todas esas rocas después de limpiar? —se preguntó—. ¿Alguien lo sabe?

—No merecía la pena intentar convertirlas en monedas otra vez, por lo que oí, así que se las llevaron en una carretilla a la escuela ordinaria para aprovecharlas como gravilla en el jardín —explicó Paige.

—Mejor que esos críos de MR dejen de hacer de las suyas —dijo Akari—, están asustando a la gente.

Nory se puso tensa.

—Me gustaría saber cuál de ellos lo hizo —preguntó Finn pensativo—. Es más, me gustaría saber cómo lo logró.

—Tal vez lo hayan hecho entre todos a la vez —apuntó Akari.

—El verdadero problema es que una del grupo encogió a la niña Flameante hasta dejarla en menos de diez centímetros.

—¿Está bien? —preguntó Akari.

—Sí, ya está bien —contestó Nory—. Ha recuperado su tamaño normal.

—Así es —dijo Finn—. Pero ¿habéis oído que la chica a la que encogieron ahora va por ahí con una petición? Quiere que retiren el programa de Magia del Revés de Dunwiddle.

—¿La has firmado? —preguntó Akari.

—Aún no, pero me lo estoy pensando —respondió—. Por lo de encoger gente y lo de las rocas. Esa gente puede ser peligrosa.

—¿Y os acordáis de aquel extraño animal de la cafetería? Era... como te diría yo, parte mofeta y parte elefante. En la escuela ordinaria no pasaban estas cosas —afirmó Akari.

Nory se estaba poniendo mala. Y le daba vergüenza. Y también estaba un poco furiosa.

Paige se volvió:

—Nory, tendrías que verte la cara, ¿qué te pasa?

—¿A mí? Nada.

—En serio —insistió Paige—. ¿En qué estás pensando?

Nory hizo acopio de valor.

—Oigo lo que estáis diciendo. Lo de las rocas ha sido raro, y cuando Lacey se encogió, eso daba miedo. Pero...

—¡Jugadores! ¡Arriba! ¡A darle al balón-gato! —gritó el instructor aproximándose a zancadas por el campo con una bolsa de pelotas de hilo.

Era hora de entrenar. Nory dejó de hablar.

El entrenador explicó las técnicas de ataque y defensa. Un gatito debía usar la cola para pasar la pelota de hilo a un compañero de equipo, pero la manera más rápida de desovillar el hilo del otro equipo era sujetarlo con una pata delantera y mandar la pelota rodando con la otra.

Akari y Finn se transformaron en sus gatitos. El entrenador puso una pelota de hilo morado entre ellos y les ordenó pasársela una y otra vez. Luego arrojó una pelota naranja para que Paige y Nory practicaran con ella. Las chicas adoptaron también sus formas gatunas.

—Recordad —dijo el entrenador—. Cuan-

do pasáis vuestra pelota a alguien de vuestro equipo, no os interesa desenrollarla.

Paige saltó sobre la pelota de hilo y la arrojó con la cola en dirección a Nory.

Nory la devolvió con un golpe de pata muy satisfactorio. ¡Qué diver era entrenar! ¡Cómo molaba!

La pelota volvió a ella unos segundos después, y esta vez la devolvió propinándole un golpe con la cola. ¡Pumba!

El hilo naranja empezó a desovillarse en torno a sus patas. Las levantó en alto, intentando no enredarse más, pero, antes de conseguirlo, Paige lanzó de un trallazo lo que quedaba de pelota en su dirección.

Nory la atrapó de golpe, pero sus patas delanteras estaban enredadas con el hilo.

Igual que su cola.

Oh, y una de sus patas traseras.

¡Estaba atrapada! ¡Ahh!

¡Pánico!

¡Pum! ¡Pum! ¡Pum!

Antes de poder impedirlo, su cuerpo em-

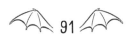

pezó a mutar. Nory se estaba encogiendo... más de lo que había menguado nunca. Y mientras lo hacía le crecían alas. No las alas de dragón a las que estaba acostumbrada; tampoco las de pájaro azulejo que le salían de vez en cuando. Eran alas finísimas, delicadas... y a continuación una gran nariz larga y tubular apareció en su rostro de minino.

Sus patas de pronto se volvieron larguiruchas y flacas, le salían de su torso peludo de gatete.

¿Era un mosquito?

¡Sí! ¡Lo era!

Bien, parte mosquito, parte gatete.

¿Mostete?

De tan diminuta que era, se libró volando del hilo.

Paige recuperó de golpe su forma humana a causa del sobresalto.

—¡Nory! ¿Qué te está pasando?

«Mmm, esa niña huele que es una delicia —pensó Mostete-Nory—. Mmm. El bocado a la salida de clase».

«¡No! —se dijo Chica-Nory con severidad—. Tu nueva amiga del balón-gato no es ningún bocado. ¡Que no y que no!».

—Entrenador —chilló Paige. Se estiraba las mangas de la camisa como si intentara taparse la piel—. ¡Venga enseguida! ¡Algo le pasa a Nory! ¡Creo que se ha transformado en insecto!

El entrenador vino corriendo.

Akari y Finn volvieron a su estado humano. Mmm. Pues vaya, también ellos olían de maravilla.

—¡Nory! —exclamó el entrenador—. ¿Me puedes oír? ¡Ven aquí! ¡Ahora!

Chica-Nory oyó la orden y se fue volando hacia el entrenador.

Él no olía bien. Demasiada infusión en su riego sanguíneo, seguramente. Además, estaba sudado.

El entrenador tendió una mano y Nory aterrizó sobre ella. Se dedicó a escudriñarla mientras se acariciaba la barbilla.

—¡Mira lo que tenemos aquí! —exclamó—. Fascinante. Tres cuartas partes de mosquito y solo un cuarto de minino. ¿Habías hecho antes un insecto? Tuve una novia en la uni que podía hacer el mosquito y el ciempiés. Por separado, naturalmente.

Akari se acercó un poco más, y Moste-te-Nory dejó de prestar atención al entrenador. ¡Oh, qué brazo tan rollizo y jugoso tenía ese Akari! Se fue volando por el aire para acercarse zumbando. ¡Saaaaaangreee!

Akari retrocedió.

¡Saaaangreee!

—¡Nory! —gritó el entrenador—. Transfórmate ahora mismo. ¡Estás perdiendo de vista tu mente humana!

¡Pum! Por vergüenza, Nory regresó a su forma.

«Oh, jo.

»Qué vergüenza».

Convertirse en mostete era un buen embrollo.

Nory se dio unas palmaditas en el cuerpo para comprobar que todo tenía forma correcta de niña.

—Eso ha sido... Nunca había visto algo así —dijo Paige—. Eras un gatito, y luego... —Dio un paso atrás—. ¿Eres una de esas crías del revés?

Nory la observó.

—Pues bien, sí. Pero os equivocáis con nosotros. No somos peligrosos.

—¡Su mosquito quería picarme! —gritó Akari.

El entrenador se encogió de hombros.

—Calma, Akari. Nory no tenía ni dos centímetros de longitud. Como mucho te provocaría picor.

—Debería haberos avisado antes —dijo Nory con las mejillas ardiendo—. El entrenador ya lo sabe, pero yo debería haber dicho algo antes. Lo siento.

La expresión de Paige se suavizó.

—¿Sabes qué? Los maleducados hemos sido

nosotros. No hemos parado de meternos con el grupo de MR, sin ni siquiera pensar que tú podrías formar parte del mismo. Lo lamento.

Nory notó una enorme oleada de alivio.

—No pasa nada —contestó—. Lamento haberme convertido en un mostete durante el entrenamiento.

Paige asintió, como si hubiera tomado alguna decisión.

—Mira, me alegro de que haya otra chica en balón-gato. Y pareces muy guay. Pero intenta no picarme, ¿vale?

—Vale.

Paige lanzó una pelota de hilo por el aire y la recogió limpiamente.

—Así pues, ¿practicamos otra vez el pase con la cola?

Nory sonrió y luego se transformó en un minino negro.

—Miau.

8

Bax odiaba el guiso de fideos y atún de la escuela Dunwiddle. Hizo cola en la cafetería, pero solo cogió patatas fritas, melocotón en almíbar y luego un poco de brócoli crudo del bufé de ensaladas. Fue a sentarse con su bandeja junto a los otros compis de MR, en una gran mesa. Nory había convocado allí una reunión.

La niña miró a su alrededor, como si comprobara que los ocho se encontraban presentes. Andrés, con su almuerzo empaquetado, flotaba por encima. Los otros siete estaban sentados.

—¿Qué hacemos con la petición de firmas de Lacey? —preguntó entonces.

—Es culpa mía haberla encogido —dijo Marigold.

Clavó el tenedor en el guiso en vez de comerlo.

Bax sintió pena por Marigold. Sabía lo que era tener una magia descontrolada.

—¿Crees que puedes hacer cambiar de idea a Lacey de alguna manera? —preguntó Willa—. ¿Y que se olvide de la petición?

—Lo dudo —replicó Elliott.

Y él lo sabía mejor que nadie: habían sido amigos en la escuela ordinaria, hasta que ella y los otros Chispazos lo rechazaron porque congelaba cosas con su magia.

—He hablado con el director González —explicó Marigold—. Le he contado que aceptaré cualquier consecuencia que merezca.

—¿Y él qué ha dicho? —preguntó Pepper.

—Que no nos preocupemos, que él hablaría con la familia de Lacey. Sabe que ha sido un accidente.

—Eh, gente, ¡voy a celebrar una fiesta de cumpleaños! —gritó Andrés desde el techo—. Es este sábado a las dos, ¡y estáis todos invitados!

Andrés casi nunca se enteraba demasiado de lo que se hablaba durante las conversaciones en la cafetería. Estaba comiendo un bocata, dejando caer migas sobre los demás y haciendo sus comentarios ocasionales.

Nory alzó la vista.

—¡Suena divertido, Andrés! ¡Yo vendré!

—Y yo también —dijo Bax.

Aunque le tocaba estar en casa de su madre, estaba seguro de que lo llevaría en coche a la fiesta.

El resto también se apuntó. Nory llevó la conversación de nuevo a Lacey.

—Haberla encogido no es el principal problema —dijo—. Lo grave son las rocas, porque afectaron a mucha gente. El equipo de balón-gato piensa que lo hicimos nosotros.

—¿Qué quieres decir con nosotros? —preguntó Sebastian—. O sea... ¿todos nosotros? —Desplazó la mirada de un rostro a otro—. A ver, ¿fue alguno de vosotros, colegas? Yo no fui, lo juro.

—Ni yo —dijo Marigold.

—Ni yo —dijo Willa.

—Ni yo —dijo Elliott.

Los demás también declararon su inocencia uno a uno, hasta que quedó solo Bax.

—¡Yo tampoco fui! —exclamó. Pero sus amigas y amigos le miraban de forma rara. El estómago le dio un vuelco—. ¿Qué? ¡No fui yo!

—Bax, tú eres el único que tiene magia con las rocas. ¿Alguna vez has convertido alguna otra cosa en piedra? —preguntó Elliott con cautela—. ¿Alguna otra cosa aparte de tu cuerpo?

—¡Nunca! —dijo Bax. Su voz se quebró.

Elliott siguió hablando:

—Vale. De acuerdo. Era por saberlo.

—Nunca —insistió Bax.

Se le hizo un nudo en la garganta y se clavó las uñas en las palmas de las manos. No había convertido nada en piedra. Su magia no funcionaba así.

—¿Y si era un bromazo? —preguntó Willa—. El director González dijo algo acerca de los estudiantes de octavo y cómo hacía alguna inocentada cada curso en la escuela. Han dicho que ellos no son responsables de las piedras, pero ¿creéis que iban a admitirlo, aunque lo fueran?

—Cuando mi hermana estaba en octavo —comentó Sebastian—, los Fluctuosos hicieron desaparecer todos los váteres. Es decir, seguían estando ahí, pero nadie podía verlos. Entonces, la gente dejó de usar la cisterna porque era la única manera de ver dónde estaban los váteres. Todo acabó hecho un asco.

Andrés gritó desde el techo.

—Las rocas no eran una broma de los de octavo. Mi hermana, Carmen, está en octavo y jura que no han sido ellos.

—¿Se puede confiar en tu hermana? —gritó Elliott.

Andrés resopló:

—¡Está en la sociedad de honor!

—Así que volvemos a estar donde empezamos —repuso Nory—. No hemos sido noso-

tros, pero parece que sí, porque nadie más se embrolla con su magia.

—No digas embrollar —corrigió Willa automáticamente—. Di que es inusual.

Bax estaba irritado. Tenía la impresión de que Elliott pensaba para sus adentros que en realidad había sido él. Parecía que todo el mundo creyese en secreto que era el culpable.

Y no lo era.

En la clase particular, el entrenador quería hablar con Nory y solo con Nory.

A Bax no le sorprendió.

—El mostete ha sido impresionante, y me alegra saber que puedes hacerlo, pero seamos realistas, podrían pisotearte. Y la mayoría de la gente no logra dominar las formas de insectos hasta el instituto —continuó—, si es que llegan a conseguirlo. Presentan muchas complicaciones. Así que veamos otra vez ese dragatito tuyo.

Nory se mordió el labio.

—Creo que deberíamos practicar un poco más el minino vulgar, para que así aprenda a evitar que otros animales surjan de repente.

—No, no. Haz el dragatito —insistió el entrenador.

—No quiero lanzarle fuego. Si quiere algo del revés, supongo que podría hacer otra vez el calachorro.

—¡Dragatito! —ordenó el entrenador.

—Quiere que lo practiques para el balón-gato —refunfuñó Bax—. Quiere un equipo ganador.

Nory se encogió de hombros. Entonces, con un estallido y un fiuum, se transformó. Tenía un lustroso cuerpo de gatito, y sus bigotes parecían llenos de vida. No obstante, las alas no tardaron en surgir de la espalda, y el sonido de su rápido batir llenó la estancia cuando alzó el vuelo. Le salieron zarpas. ¡Y qué peligrosos parecían sus dientes!

Bax tomó una bocanada de aire. Dragatito-Nory no era muy grande, pero daba mucho miedo.

—¡Vamos, Nory! —animó el entrenador.

Dragatito-Nory no parecía controlar su mente humana. Volcó un estuche de trofeos de balón-gato con el extremo de su poderosa ala. Resoplando por sus orificios nasales de minino, abrió la boca llena de dientes de dragón para lanzar fuego sobre unas zapatillas deportivas.

—¡Guau! —exclamó el tutor, dando saltos mientras el olor a cuero quemado llenaba la habitación—. ¿Has visto eso, Bax? ¡Fuego!

Bax se fue a buscar el extintor con desánimo y roció la alfombra.

Al oír el sonido del extintor, Dragatito-

Nory elevó sus patas de gatito por el aire como si intentara nadar. Luego, con un fuerte golpe, cayó al suelo.

Volvía a tener forma de niña.

—¡Fantástico! —exclamó el entrenador.

—He perdido el control —gimió Nory—. He estado a punto de quemarlo todo.

—El cuerpo del gatito era completamente reconocible —dijo el entrenador—. Nadie podría protestar. Tengo que volver a revisar las normas, pero los Micifús de Twinkle tienen en el equipo un gatito con seis dedos, así que no veo por qué las alas van a ser diferentes.

—¡He hecho arder esas zapatillas! —aulló Nory—. ¡Ser un dragatito es un peligro!

—Oh, lo solucionaremos con la práctica —respondió el entrenador—. No seas doña angustias. Vas a ser una leyenda del balón-gato, Nory Horace. Leyenda del balón-tigre, debería decir. La verdad, podrías hacerte profesional con un bicho como ese.

—¿Y qué hay de Bax? —preguntó Nory.

—¿Qué hay de quién?

Nory señaló a su amigo.

—¡Oh! ¡Él! ¡Bax, claro!

Bax forzó una sonrisa.

«Pues sí, yo, la otra persona que está en la habitación. Acabo de apagar un fuego y aun así ni se ha enterado de que estoy aquí».

—¿Qué pasa con él? —quiso saber Nory.

El entrenador se volvió hacia Bax.

—Por favor, transfórmate.

—Hoy, no —contestó entre dientes el chico.

—¿Ves? —le dijo el señor Vitomin a Nory—. Puedo darle zumo de zanahoria y semillas de lino, desde luego. Pero ¿cómo puedo ayudarle si no quiere enseñarme lo que es capaz de hacer?

—Pero la clase particular es para los dos —insistió Nory.

—Nory... —dijo Bax.

—No, Bax, en serio. Tú quieres controlar tu magia, lo sé, porque sé muy bien cuánto deseo yo controlar la mía.

Bax notó de nuevo el nudo en la garganta.

—Venga, Bax. Enséñaselo —le persuadió Nory—, para que pueda ayudarte.

Nory y el entrenador se quedaron esperando sin despegar los ojos de él.

—¿Puedes mutar para que yo lo vea, hijo? —preguntó el entrenador.

Casi sonaba amable.

Bax deseaba la ayuda del entrenador. Le daba vergüenza querer su ayuda, pero eso no era una novedad. También le daba vergüenza convertirse en una roca. Una profunda pesadez llenó su cuerpo. Notó los huesos rígidos.

Entonces se transformó.

Lo siguiente que supo Bax fue que se encontraba en la enfermería.

Por supuesto. Como de costumbre.

El tutor estaba allí junto al enfermero Riley. Y Nory había venido también.

—El enfermero me ha dicho que era mejor que me quedara —explicó ella cuando le lanzó una miradita—. Dice que somos un equipo, los tres, y que debería estar por aquí.

El entrenador apoyó las manos en las pier-

nas y se inclinó sobre Bax. Le miraba con detenimiento a los ojos.

—¿Te gustan las rocas? —preguntó.

Bax negó con la cabeza.

—¿Y qué me dices de los caramelos de roca? ¿Te gustan?

Bax le dirigió una mirada rara. El enfermero Riley también.

—¿Qué pasa? —soltó el entrenador—. Los caramelos de roca no tienen ningún valor nutricional. ¡En absoluto! Si a un niño le da por comerse un montón, quién sabe lo que le puede pasar...

—¿Come Nory montones de gatitos? —preguntó Bax. Vaciló un momento, luego continuó—: ¿Los comes? —le preguntó a ella.

Nory estalló en carcajadas.

—Bien, bien —dijo el entrenador con brusquedad—. Pero la nutrición podría ser un factor a tener en cuenta.

—No lo había pensado —comentó el enfermero Riley—. Tal vez le convenga llevar un diario de sus comidas.

El señor Vitomin se sentó en una banqueta y su musculatura se abultó de forma extraña en cuanto se acomodó sobre el pequeño asiento.

—Bax. A ver si me aclaro. Nadie sabe por qué te transformas de esa manera. ¿Lo he entendido bien?

Bax asintió.

—Le sucede cada vez más a menudo —añadió el enfermero Riley. Tendió el Burtlebox y apretó los labios—. El doctor hizo que formularan esta poción para él, y funciona. Sus padres también se la dan en casa. La toma más veces de lo que a mí me gustaría, de todos modos. Con estas pócimas individuales, no siempre sabes cómo va a reaccionar el cuerpo de una persona a largo plazo.

—Estoy bien —dijo Bax—. No me importa tomarlo. Aunque sabe fatal.

El entrenador le dio una palmadita en el hombro. Bax notó la mano pesada y cálida.

—Escucha, hijo. No te he prestado la atención que mereces, pero vamos a resolver esto. ¡La señorita Starr, el enfermero Riley y yo so-

mos parte de tu equipo! El trabajo en equipo es la respuesta en el balón-gato, y también aquí.

Bax quería creerle. Encontró su mirada.

—¿Qué sientes cuando mutas, hijo? —preguntó el tutor.

—Antes de mutar, me siento pesado. Luego no siento nada. Y después, duele.

—¿Qué quieres decir con nada?

—No siento ninguna cosa. No puedo oír, no puedo moverme ni oler. Es como si no estuviera ahí siquiera. No siento ese yo que es parte de mí.

—Mmm —dijo el entrenador—. Mutas mucho sin querer, pero puedes decidir hacerlo a propósito, ¿sí? Vale, pues eso es un punto de partida excelente. ¿Eres siempre una roca?

—Siempre, pero una vez... —Bax hizo una pausa— me convertí en una correa.

—¡Una correa!

—A propósito, también. Lo hice porque Andrés me necesitaba.

—Fue una pasada —contestó Nory.

Bax se sonrojó.

—Pero no he vuelto a hacerlo más.

—¿Cómo lo hiciste esa vez? —preguntó el enfermero Riley.

—No lo sé. Quiero decir, quería... y lo hice. Y, luego, me quedé bloqueado, como siempre.

El enfermero Riley asintió.

—Esto es lo que vamos a hacer —dijo el entrenador—. Primero, quiero que anotes lo que comes y cuándo te transformas. Como una agenda, ¿entiendes? Miraremos si alguna alergia te está dando problemas. Después de comprobar las alergias, voy a tener que hacerte comer semillas de lino, sardinas y otros alimentos ricos en sustancias nutritivas. Al mismo tiempo, te enseñaré algunos trucos para ayudarte a conservar tu mente humana mientras te transformas, tengo algunas ideas que pueden ayudar. Después de eso, puedes practicar la correa otra vez, pero concentrándote esta vez en mantener tu mente humana cuando la hagas. ¿Te parece bien?

Bax asintió.

—Voy a colaborar con la señorita Starr en

esto —dijo el señor Vitomin—. Vas a mejorar, hijo.

—¿Sí?

Bax oyó la esperanza en su propia voz, y su rostro pareció animarse un poco.

El entrenador le apretó el hombro.

—Claro que sí —respondió. Y se fue.

El enfermero Riley le dijo a Bax que quería tomarle la temperatura, pero luego entró otra alumna, una niña Felposa con un sapo muy pequeño que se le había pegado a la cara. El enfermero Riley la llevó al cuarto trasero para sacárselo. Dejó a Nory y a Bax a solas.

—Entonces supongo que los dos deberíamos llevar diarios de nuestras comidas —dijo Nory pateando en el aire mientras permanecía sentada en la camilla—, para ver si tenemos alergias o si nos faltan proteínas para ser buenos Flexiformes, o lo que sea.

—Tú no tienes que hacerlo —dijo Bax—. El entrenador me lo ha dicho solo a mí.

—Parece justo que lo hagamos los dos —respondió Nory—. Aunque tal vez decida escribir

que estoy siguiendo una dieta regular de gatitos, solo por tomar el pelo al entrenador.

Bax sonrió.

—Yo escribiré sobre comer gravilla.

—Puaj...

—¿Y qué me dices de unos cachorritos? —añadió Bax—. ¿Y cabras? ¿Un calamar? ¿Vas a decirle que comes eso también?

—Por supuesto —replicó Nory—. También dragones. Pero solo, digamos que... una vez por semana.

—Cuidado con los dragones —advirtió Bax—. Dicen que pican un montón.

A los dos les entró la risa.

El enfermero Riley regresó.

—¿Qué os hace tanta gracia? —preguntó. Sostenía con un par de pinzas un sapo diminuto, que dejó con cuidado en un pequeño terrario de plástico con agujeros de ventilación.

—Nory, no te comas ese sapo —dijo Bax—. Se supone que debe volver al laboratorio de los Felposos.

—Este no me lo como ni loca —respondió Nory con una risita—. ¡Ha estado en la nariz de alguien! No seas guarro.

El enfermero Riley sacudió la cabeza mientras ponía la mano en la frente del chico y le tomaba la temperatura.

—No tienes fiebre —dijo—. Aunque tal vez estés perdiendo el juicio.

9

El sábado por la tarde, la madre de Bax llevó a su hijo en coche a casa de Andrés. Cuando llegó, todos los de la clase de MR ya estaban allí.

Era una casa cálida y acogedora. Bax estaba interesado en ver cómo había adaptado las cosas la familia Padillo a la situación flotante de su amigo. Había enormes sacos de ladrillos en todas las habitaciones, lo bastante pesados como para bajar a Andrés cuando hiciera falta. Tenía la cama clavada al techo. Sus sábanas y el edredón permanecían sujetos por una gran banda

elástica. En un rincón había un conjunto de bongós y otros tambores bien amarrados también al techo.

El señor y la señora Padillo eran muy simpáticos, y la hermana de Andrés, Carmen, se encargó de organizar los juegos en la habitación de recreo del sótano. ¡Pisa el globo! (Sebastian tuvo que ponerse la venda, por lo intensas que eran las ondas sonoras.) ¡Estatuas heladas! (Cuando a Elliott le tocó pillar, sin querer congeló el pelo de Willa.)

Luego volvieron a la planta principal y todo el mundo tomó tarta de piña, por supuesto. Nory y Bax lo apuntaron en sus diarios de comidas. También comieron patatas fritas con sabor a queso, a barbacoa, patatas fritas normales, rancheras y también chips de maíz.

Luego, Andrés abrió regalos en el techo. Pasó con cuidado los paquetes a sus padres para que los dejaran sobre la mesa de la cocina, pero restos del papel de los envoltorios descendían lentamente y aterrizaban sobre los invitados.

—Andrés, ¿vives cerca de Lacey Clench? —preguntó Pepper retirándose la cinta verde del pelo.

—No, pero Rune vive al final de esta manzana.

—Ah, entonces será por eso —continuó Pepper—. He visto a los Chispazos cuando venía para aquí, en la cabaña de un árbol.

—Rune tiene una cabaña en un árbol, es cierto —dijo Elliott—. Yo siempre iba cuando éramos amigos. —Su rostro se puso serio—. Cuando pensaba que éramos amigos.

—Solía verte ahí a veces, ¿te acuerdas? —comentó Andrés—. En la escuela ordinaria, antes de que surgiera mi magia, Rune y yo solíamos quedar, por lo cerca que estaban nuestras casas.

—Me pregunto si estarán conspirando contra nosotros —dijo Nory.

Bax bajó la voz:

—Podríamos ir a espiarles —se atrevió a proponer—, si queremos descubrir lo que están tramando.

—Bax Kapoor: eres un genio perverso —le dijo la niña.

Bax se sonrojó lleno de orgullo.

—Lo más importante es volverse indetectable —decía Bax un par de minutos después. La panda de MR se hallaba apiñada a pocas casas de la cabaña de Rune, con los nervios de punta—. Nory, tú transfórmate en gato —ordenó.

La madre de Bax era agente de policía, al fin y al cabo, y explicaba a su hijo operaciones de vigilancia.

—Ni castonino, ni mostete, ni gabra, ni dragatito, ni cosas raras —continuó—. ¿Eres capaz de mantener la forma de gato?

Nory asintió.

—Ni castonino, ni mostete, ni gabra, ni dragatito.

—Bien —respondió Bax—. Haz lo que te digo, luego te subes al árbol y actúas como un auténtico gato. ¡Escóndete! Andrés, tú necesitas camuflarte. Vamos a adornarte con hojas.

—De todos modos, alguien debe sujetarme la correa —dijo el cumpleañero.

—Yo lo haré —se ofreció Willa.

Bax encontró algunas hojas y enredaderas para camuflar a Andrés y a Willa.

—A ver, ¿alguien quiere que Marigold le encoja? Eso sería una maniobra detectivesca brutal —sugirió Bax.

—Yo no vuelvo a hacer eso a nadie —replicó Marigold—. Me niego.

—Vale. Solo era una idea. Por si no lo sabes, sería un talento de lo más útil para labores policiales.

Marigold sonrió.

—¿Todo el mundo está listo? —preguntó Bax—. ¡Nory, transfórmate! Andrés, desplaza un poco esa ramita sobre tu camisa... perfecto. Willa, escóndete entre los arbustos y deja que Andrés flote cerca de la cabaña. El resto de nosotros andará por la zona en caso de que necesitéis refuerzos.

A Nory le encantaba la idea de ser agente en una operación de vigilancia. Muchos detectives eran Flexiformes. Tras convertirse en un gatito normal y corriente trepó lo más cerca que pudo de la cabaña de Rune.

Lacey estaba rodeada de sus seguidores.

—Prácticamente me pisotearon cuatro veces aquel día —decía—. Y todo el mundo tenía una pinta horrenda de gigante. Qué grandes eran...

—Solo que tú eras la pequeña —dijo Zinnia—. Y, aparte, ya hemos oído antes todo esto.

—¿Zinnia? —soltó Lacey cortante—. No te pases.

Zinnia inclinó la cabeza. Estaba sentada junto a Lacey. Al otro lado se encontraba Rune con otros dos chicos de la clase Flameante de quinto curso.

«Han reclutado gente. No mola —pensó Chica-Nory».

La charla continuó, y quedó claro que ese grupo ampliado de Chispazos tenía un montón de comentarios negativos que hacer sobre la clase de MR. Dejaron claro que Marigold debería quedarse en casa y no ir a clase, por lo peligrosa que era. Se burlaron de Sebastian y de cómo se agachaba para evitar las ondas sonoras en clase de gimnasia. A Pepper la tacharon de «cruel con los animales», y se mofaron de Elliott.

—Una vez intentó asar un malvavisco, ¡y lo convirtió en polo! —se rio Rune.

Nory confió en que Elliott no pudiera oírle.

—Esa niña mofeta-elefante es asquerosa —soltó uno de los nuevos reclutas—. Esa sí que está tarada de verdad.

—Es Nory Horace —dijo Zinnia.

—¿Puede hacer otras formas taradas de animales? Alguien dijo en el almuerzo algo acerca de un gatito mosquito.

—¡Puaj!

En ese momento, a Chica-Nory le entra-

121

ron ganas de intentar el drigre (mezcla de dragón y tigre) y darles un buen susto.

Pero no quería delatar su tapadera.

Aparte de que podría quemarlos.

O comerlos.

Aunque seguramente ni siquiera sabría cómo hacer el drigre. Aún no le salía ni el tigre.

De modo que permaneció callada, pese a que lo que oyó a continuación le gustó aún menos.

—Bax —decía Lacey— es más tonto que una caja de piedras.

—Seguro que, en vez de jugar a piedra, papel, tijera —continuó Rune—, juega a piedra, piedra y piedra... ¡y encima pierde! Y luego está Willa. Provoca lluvia cada vez que alguien le abuchea. Es la más llorona del mundo —se rio.

Gatito-Nory no podía hablar en ese instante, pero bajó la vista y vio a Willa entre los arbustos y las lágrimas que surcaban su rostro.

Andrés estaba enredado en las ramas del árbol. Nory no conseguía ver su expresión.

—Basta ya de quejarnos, pasemos a la ac-

ción —dijo Lacey—. Ya hemos firmado todos la petición, pero necesitamos convencer a más gente. Hay muchos alumnos que se han negado, por eso tenemos que pensar qué es lo peor que pueden hacer los de MR. Y luego les incitaremos a hacer esas cosas.

—¿Cómo? —preguntó Zinnia.

—Haciéndoles enfadar o burlándonos de ellos. O lo que sea. Y también debemos asegurarnos de que lo vea todo el mundo. Si la lían a lo grande, la gente admitirá que no pueden estar en Dunwiddle.

—Willa es un blanco fácil —dijo uno de los nuevos Chispazos—. La lluvia en interiores provoca muchos daños.

—Esa chica, Pepper, puede hacer más cosas de las que parece, estoy seguro —apuntó Rune—. Apuesto a que sabe obligar a los animales a hacer cosas por ella, por miedo. Podríamos, no sé, ir al laboratorio de los Felposos, soltar a todos los animales para que Pepper los asustara y que rompieran cosas.

—¿Y Elliott? —preguntó Rune—. Va por

ahí convirtiendo cosas en hielo. ¿Cómo podríamos aprovechar eso? ¿Qué sería lo peor que podríamos hacerle congelar? ¿Hasta dónde puede llegar? ¡Consigamos que haga algo terrible!

Se oyó un rumor en el árbol, una sacudida frenética de ramas.

—¿Qué clase de persona eres? —gritó Andrés a Rune—. ¡Elliott traía galletas de mantequilla de cacahuete a esta misma cabaña! ¡Yo estaba aquí! ¡Tú te las comías!

—¿Andrés? —preguntó Rune.

Nory lo vio mirando a un lado y a otro.

—¡Sí! ¿Me recuerdas?

Había perdido los estribos por completo y las ramas se movían a lo loco.

Tenían que sacarlo del árbol. Nory bajó de un brinco a la acera y se transformó de nuevo en niña. Cogió a Willa de la mano.

—¡Vamos!

—¡Ey! —gritó Rune mirando hacia la cabaña en el árbol—. ¡Nos estaban espiando!

Nory y Willa tiraron de la correa de Andrés, pero su amigo estaba atrapado entre las ramas.

Tiraron.

Andrés soltó un aullido.

Tiraron de nuevo.

Los rostros de los cinco Chispazos se asomaron desde la cabaña del árbol. Los cinco estaban furiosos.

Nory y Willa tiraron una vez más, con más fuerza esta vez. Andrés se soltó por fin de las ramas haciendo crujir la madera. Caían hojas por todas partes.

—¡Corred! —gritó el chico.

10

—¡A por ellos! —gritaron los Chispazos mientras se descolgaban de la cabaña del árbol.

Nory y Willa huyeron del jardín, con Andrés meneándose tras ellas y dejando un rastro de hojas y trozos de enredadera. Llegaron a la calle donde estaba el resto del grupo de MR.

—¡Venga, venga, venga! —gritó Nory.

Salieron todos en estampida por la acera de la manzana mientras Andrés pateaba el aire como un loco.

Nory miró por encima del hombro y vio a Lacey corriendo con cara de buldócer a la cabeza de la manada de Chispazos.

Notó la presión en la nuca, el sonido de las fuertes pisadas rugiendo cada vez a mayor volumen tras ella, hasta que Lacey la agarró por el cuello de la camisa y lo zarandeó.

—La que te vas a llevar, Nory Horace —soltó Lacey jadeante.

Nory consiguió zafarse y siguió corriendo, pero una pelota llameante de tenis pasó silbando junto a su oreja. Luego otra. Y otra más.

¡Fuego sin supervisión! ¡Muy mal hecho!

Marigold estiró un brazo e interceptó una de las pelotas en llamas que pasaba zumbando. ¡La encogió hasta dejarla en nada! Repitió la operación con la siguiente.

¡Encogimiento sin supervisión! ¡Fantástico!

Elliott congeló una pelota de tenis y siguió corriendo. Pero llegaban más, con su estela de llamaradas naranjas.

Una le chamuscó la oreja a Nory, otra le quemó el codo a Sebastian.

La panda de MR debía hacer algo si no quería salir malparada.

Willa no podía hacer llover; su lluvia solo funcionaba en interiores. Sebastian no podía ayudar, tampoco Bax, ni Andrés.

¿Debía transformarse ella en dragatito y defender a sus amigos?

Si quisiera, ¡podría hacerlo! Arrojaría fuego contra esos Chispazos y les daría una lección sobre hacerlo sin supervisión, si eso era lo que querían. Estaba ya a punto de mutar cuando oyó un estruendoso coro de ladridos. Ladridos apresurados, ladridos amenazadores, profundos, excitados.

Miró por la calle y avistó un ejército de perros corriendo hacia ellos. Marigold y Sebastian saltaron sobre una verja para colarse en un jardín próximo. Elliott se abalanzó sobre un arbusto para evitar ser arrollado. Nory pegó la espalda a un arce y contempló la escena desde allí, sin salir de su asombro.

¡Perros por doquier! Un labrador color chocolate, un terrier de Yorkshire, media do-

cena de chuchos. ¡Y no solo perros! Apareció también un grupo de gatos maullantes... y una avalancha alborotadora de ardillas rojizas y listadas... con una liebre y un par de cabras detrás. Finalmente, un remolino de mariposas, pájaros azulejos y palomas, todo un revuelo de alas batiendo.

Los Chispazos chillaron, dejaron caer las pelotas de tenis y giraron sobre sus talones para regresar por donde habían venido a todo correr. Perros y gatos, pájaros cardenales y azulejos, ardillas y mariposas... persiguieron por la calle a los Chispazos hasta perderse de vista.

Una solitaria pelota de tenis entró rodando en la alcantarilla, humeante ahora que su llama se había apagado.

Cuando Nory se apartó del árbol, Marigold y Sebastian aparecieron a su lado.

—¿De dónde ha salido tanto animal? —preguntó Willa mientras bajaba de la rama a la que se había aferrado.

Tras desenredar la correa de Andrés, tiró de él tras ella.

—¿Perseguían a los Chispazos? —preguntó Elliott sacudiéndose trozos de hojas de los vaqueros—. Eso parecía... Pero no es posible. ¿O sí?

En ese preciso instante, llegó Pepper corriendo y se detuvo en medio de la calle. Empezó a dar vueltas con los brazos extendidos. Aunque respiraba con dificultad y estaba colorada, parecía radiante.

—¡Los he espantado! —gritó.

—¡Yupiyei! —dijo Nory.

—¡Brutal! —exclamó Bax.

—Así me gusta —dijo Elliott—. Qué gozada espantar así a la peña.

—¡Nos has rescatado! —chilló Nory—. Pepper al rescate, ¡fantabuloso!

—Pero ¿de dónde han salido tantos bichos? —preguntó Willa.

—Estaban delante de una casa —dijo Pepper encogiendo los hombros—, por el porche y el jardín.

—Los he visto —confirmó Andrés asintiendo.

—Y yo —añadió Elliott—. Ocupaban casi todo el césped. Era como un zoo... pero un zoo muy triste, porque hasta que Pepper se les ha acercado, no se movían para nada.

—Parecían infelices —comentó Andrés—. ¿Es normal que las ardillas se queden tan quietas, en fila?

—Me pregunto qué les pasaba —dijo Nory.

—¿Quién sabe? Pero en cuanto apareció Pepper, enloquecieron —añadió Elliott—. Lo único que ha tenido que hacer ha sido perseguirlos en la dirección conveniente para que asustaran a los Chispazos.

—¡Hemos vencido! —gritó Marigold.

Todos chocaron los cinco entre sí.

Andrés se había arañado con el árbol. Sebastian y Nory tenían pequeñas quemaduras, pero nada de importancia. Decidieron regresar a casa de Andrés y comer lo que quedaba de tarta volcada de piña. Seguro que también quedaría un poco de helado, les comentó.

Nory, Bax y Elliott caminaban juntos cerrando la marcha. El cielo se volvió de un naranja dorado mientras el sol se ponía.

—Sigo sin poder imaginar por qué esos animales se encontraban en ese jardín —dijo Nory.

—Tal vez sea el cumple de algún niño y le han montado un zoo infantil para acariciar animales... —sugirió Elliott.

—¿Con palomas? ¿En qué zoo infantil ponen palomas para acariciar?

—Todo es posible —dijo Elliott—. A algunas personas les gustan las palomas.

—No —respondió Nory—, nadie quiere acariciar palomas.

Bax se clavó la uña del pulgar en la palma de la mano. Él sabía que aquello no era un zoo infantil.

Era la casa de su padre. Su casa.

Primero las mariquitas se habían instalado en el sofá. Luego la ardilla listada se presentó en los escalones. Después, habían venido más animales a diario. Se pegaban a las ventanas, andaban alicaídos por el porche, se despatarraban

sobre el césped. Un par de mariposas había conseguido entrar en la cocina, donde revoloteaban infelices.

Bax desconocía el motivo. Había preguntado a su padre si podía emplear su magia de Felposo para decirles que se marcharan, pero su papá se encogió de hombros. «No molestan a nadie».

—Mis padres se han divorciado —soltó Bax—. Yo voy de un lado para otro entre casa de mi padre y casa de mi madre. Y...

Nory dejó de andar y le miró, igual que Elliott.

—Era mi casa. La casa de mi padre. Con todos los animales.

—¡Oh!

Nory no sabía qué decir.

—¿En serio? —preguntó Elliott—. ¿Y cómo es eso?

Bax encogió los hombros lleno de congoja.

—No son mascotas. Cada vez se presentan más, y no hay manera de que se marchen. ¿Las cabras? Ni las he visto. Serán recién llegadas, pero... —Su voz se apagó.

—Qué raro —comentó Elliott—. ¿No te da miedo tener todos esos animales en el patio de tu casa?

—No es eso —contestó Bax—. Es triste, supongo. No parecen felices.

—¿Crees que van a volver ahora que Pepper ya no está para espantarlos?

Bax suspiró.

—Por lo que he visto hasta ahora... Sí, diría que hay bastantes posibilidades.

—¿Crees que es magia? —preguntó Elliott—. ¿Tu padre es Felposo?

Llegaron a casa de Andrés y los otros entraron, pero ellos tres se quedaron fuera charlando.

—Sí —contestó Bax—. Pero es... —Se mordió el pulgar—. Bien, es de lo más raro. La cuestión es que mi padre tiene alergia al pelaje animal, pero, en cambio, estos animales de nuestro jardín no le han dado problemas. Ni estornudos, ni ojos llorosos, ni sarpullidos, nada. Sé que ha podado los setos esta semana, ha regado las plantas, ha limpiado el garaje y ha quitado malas hierbas. Todo eso con los animales por en medio. De hecho, no había pensado en ello hasta ahora.

—¿Tu padre ha hecho todo eso esta semana? —preguntó Elliott—. Vaya. Mi padre solo consigue hacer una cosa al mes en el jardín.

Bax miró a Elliott. Luego a Nory.

—Ahora mismo está sin trabajo, así que tiene mucho tiempo libre.

Al principio nadie dijo nada. Nory ladeó la cabeza. Elliott juntó las cejas.

Luego la niña habló:

—Yo no vivo con ninguno de mis padres.

Bax había coincidido con la tía de Nory, Margo, pero ahora que lo pensaba, nunca había visto a su madre ni a su padre.

—¿Por qué no? —preguntó.

—Su padre es el director de la Academia Sage en Nutmeg —explicó Elliott—. Y su madre murió.

—Oh, lo siento. —La miró a los ojos al decirlo. «Pobre Nory».

—Mi padre me mandó a vivir con mi tía

por mi magia del revés —explicó ella sin apartar la vista—. Supongo que pensaba que vivir conmigo era complicado. Ya sabes, cosillas sin importancia como hacer arder el sofá, mordisquear su escritorio y echar chorros de tinta de calamar por todo el baño. Además, cateé la prueba de ingreso a su elegante escuela. —Alzó los hombros—. En fin, él se lo pierde.

Su tono era alegre, pero no engañaba a Bax.

—Eso mismo —dijo Elliott—, él se lo pierde.

—Solo me refiero a que sé qué significa que las cosas no salgan como pensabas —dijo Nory a Bax.

Se mordió el labio y luego hizo algo totalmente inesperado. Se abalanzó sobre Bax y le dio un abrazo.

11

—Tu conciencia es una llama —dijo el entrenador a Bax durante la clase particular del martes.

Se puso ligeramente en cuclillas para quedarse a la altura de los ojos del chico.

Tanto Bax como Nory estaban sentados en el pequeño sofá del despacho del señor Vitomin. El tutor apoyó las manos en sus gruesos muslos.

—¿Sueles ir de acampada?

—No —respondió Bax.

No le importaría ir de acampada. Disfrutaba de la naturaleza y le gustaban las estrellas. Pero su padre nunca quería hacer actividades al aire libre, por todo el pelaje de los animales que andaban por ahí.

El entrenador pareció extrañado.

—¿No? ¿Es que tu padre no te lleva de acampada?

Bax negó con la cabeza.

—¿Ni tampoco tu madre?

—Mi madre hace yoga y va al club de lectura —dijo Bax—. Y es agente de policía. Mi padre solía ocuparse del papeleo de un museo y ahora ve la tele y trabaja en el jardín.

—Bien, por el amor a la remolacha —dijo el instructor rascándose la cabeza—, ¿puedes imaginar ir de acampada?

—Yo tampoco he ido nunca de acampada —comentó Nory—. Mi padre es director de colegio y lee libros aburridos. Mi tía es un taxi y ve la tele y va a restaurantes con su novio. Mi hermano hace deporte y las labores de casa, y mi hermana...

—¡No estamos hablando de las aficiones de nuestra familia! —cortó el entrenador—. ¡Hablamos de acampar!

Bax miró al suelo, igual que Nory.

—Solo imaginadlo —les dijo—. Estoy intentando ayudaros.

—Vale.

—Vale.

El señor Vitomin se frotó las manos.

—Pues bien, cuando vas de acampada, enciendes una fogata, ¿conformes?

Bax y Nory le observaron.

—Sí. Cuando vas de acampada haces una puñetera fogata. ¿Estamos de acuerdo en eso al menos?

—¿Y cantas canciones de campamento? —preguntó Nory—. Me gusta cantar, aunque mi hermano dice que parezco una hiena al hacerlo... —Alzó las cejas—. Uy, me pregunto si algún día me transformaré en hiena. He oído decir que es tope difícil.

—¡Olvídate de las hienas! —exclamó el entrenador—. ¡Olvida las canciones de campa-

mento! Estoy hablando de la fogata, ¿oís? ¡La fogata! —Se llevó una mano a su cocorota calva—. Y cuando haces una fogata, debes mantener la llama encendida.

Nory pestañeó.

—Hay que proteger la llama —continuó el entrenador—. La rodeas con las manos y la resguardas como puedas.

—No somos Flameantes —dijo Bax—. Se nos quemarán las manos.

—¿Qué?

—Si las metemos en la fogata, para proteger la llama.

—Es un fuego de mentirijillas. ¡Por el amor al zumo de limón, hijo, inténtalo!

Bax fingió que hacía una fogata. Dando unos toques en el aire, fingió que echaba maderitas. Nory encendió cerillas imaginarias.

El entrenador agitó las manos, un poco harto.

—No. Alto. —Dio un suspiro—. Esto son vuestros deberes hasta nuestra próxima sesión, ¿de acuerdo? Quiero que encendáis cerillas. Sin peligro, por supuesto, bajo supervisión. Encendedlas y rodead con la mano la llama para que no se apague. Entended el fuego.

—¿Fuego de verdad? —preguntó Bax.

Igual su madre podía ayudarle esta noche.

—Sí. Fuego de verdad. Necesitáis vivir la experiencia. —El entrenador le dio al silbato—. Cambiemos de tema. Balón-gato. Quiero veros a los dos animando al equipo en el partido de este viernes a las cinco. Es el primer partido de la temporada. Los Cascabeles de Dunwiddle contra los Micifús de Twinkle. ¿Os dije que los Micifús tienen un jugador que se transforma en gatete con seis dedos en cada pata? En fin, que hay que demostrar apoyo entre compañeros Flexiformes. Y, para ser francos, no estaría mal que los jugadores más veteranos de balón-gato vieran a los chavales de MR haciendo gala de un buen espíritu escolar. Creo que la colaboración dará ciertos frutos en vuestro caso. ¿Puedo contar con vosotros? ¿Nory? ¿Bax?

—Allí estaré —contestó Nory.

Bax se limitó a decir:

—Esto...

—Fantástico, puedes ir con Nory —replicó el entrenador—. Excelente espíritu de equipo, excelente, eso es.

El miércoles, Nory tuvo que ir andando sola al cole una vez más, pero al menos esta vez Elliott llamó la noche antes para advertir que no venía.

—Tengo que hacer una cosa —comentó misterioso.

Nory se sentía un poco dolida. Elliott era su mejor amigo en el cole. Entonces ¿por qué se andaba con secretos?

Salió pronto de casa para evitar a los Chispazos y, al llegar al cole, Paige de balón-gato estaba esperándola cerca de la puerta de entrada. Akari y Finn estaban con ella.

Nory detectó a Bax unos metros más allá. Había llegado más temprano de lo habitual, pensó. Estaba sentado en el suelo con la espalda apoyada en la taquilla, leyendo un libro. Pensó en llamarle para que se acercara, pero Paige agarró a Nory por el brazo.

—¿Quieres venir a la tienda con nosotros antes de entrenar? —le preguntó—. Hemos decidido que necesitamos chocolate para quitarnos el sabor a zumo de granada y algas.

Nory sonrió radiante.

—Pues claro.

—Genial —respondió Paige—. Quedamos entonces aquí mismo a las tres de la tarde.

Nory sonrió. Tenía amigos en el club de balón-gato. ¡Y la invitaban a ir a comprar chuches juntos! ¡Fantabuloso!

Un chillido llegó desde el otro lado del vestíbulo.

Era Lacey Clench.

Agarraba con la mano su taquilla abierta, de la que salían rocas que aterrizaban a su alrededor. Y también sobre ella. El suelo vibró con el golpeteo.

A Nory se le detuvo el corazón.

¿Piedras? ¿Más piedras? ¿Por qué?

—Pero ¿de qué va esta movida? —aulló Lacey. Pateó el suelo con los pies—. ¡¿Quién ha convertido en piedra mis cosas?!

Se acercaron otros estudiantes. Akari se aproximó, se arrodilló y levantó con cierto esfuerzo una gran piedra gris, que sostuvo en lo alto para que la viera todo el mundo.

—¡Tiene forma de libreta! —gritó—. ¡Qué puntazo!

Nory empezó a preocuparse. Seguro que Lacey culpaba al grupo de MR.

—Esto es un lápiz —dijo Paige levantando un trozo de cuarzo en forma de lápiz. Luego le dijo a Lacey—: Qué chulo.

Lacey se lo arrebató.

—¡Es de piedra! ¡Mi libro de matemáticas es una piedra! Mi libreta de lengua es...

—¿Una piedra? —preguntó Akari.

Él y Finn se carcajearon.

—Cállate —soltó Lacey. Entonces descubrió a Nory y frunció el ceño—. ¡Tú! —dijo señalándola—. Tú has hecho esto, Nory Horace. ¡Tú y tus amigos embrollones!

—¡No! —dijo ella—. ¡Lo juro!

—Sé que sí. ¡Vosotros, Fracasos, tramáis algo! ¡Este fin de semana nos estabais espiando!

—Sí, y vosotros nos arrojasteis pelotas de tenis ardiendo —replicó la niña—. Pero yo no he convertido en piedra las cosas de tu taquilla. Soy Flexiforme, Lacey. No podría hacerlo aunque quisiera.

—¡Mi papá se va a subir por las paredes! —ladró Lacey—. Esto es obra de una magia del revés, está claro.

—Cálmate, Lacey —le dijo Zinnia—. Te prestaré lo que necesites, ¿vale?

Al abrir su taquilla, a tres armarios de la de Lacey, la niña soltó un chillido. Su material escolar también se había convertido en piedra.

—¡Hala!

Rune abrió la taquilla, y más de lo mismo. Una libreta de espiral echa de granito aterrizó sobre su dedo gordo.

—¡Ay!

—Quieren fastidiarnos —dijo Lacey a sus amigos—. ¿No lo veis? Primero los Fracasos nos espían ¡y ahora se cargan nuestras cosas!

—¡No queremos fastidiaros! —dijo Nory—. ¡Sois vosotros los que queréis fastidiarnos! ¡Pretendéis que nos liemos con la magia y nos metamos en problemas! De hecho... ¡Oh, ahora caigo! ¿No habrás reemplazado tú tus propios libros por rocas falsas? Y que parezca que este cole no es lugar para nosotros...

Pero Lacey no podía ser responsable, no, porque a medida que llegaban estudiantes para iniciar las clases, más y más piedras caían desde más y más taquillas. Piedras en forma de libros. Piedras en forma de lápices y rocas en forma de estuches para lápices. Piedras en forma de espejos de taquilla y paquetes de chicle y cepillos para el pelo. Era imposible de que Lacey pudiera gastar una broma tan gorda.

Pero Bax... Solo de pensarlo, Nory se sintió una traidora, pero su amigo se encontraba ya en el cole al llegar. ¿Y si tenía una razón para venir temprano? ¿Una razón del peso de una roca?

Fue en su busca. Ya no estaba sentado en el suelo leyendo, se había levantado y estaba introduciendo la combinación de la taquilla. Al abrir la puerta, hubo un desprendimiento de rocas.

No. Entonces no podía ser Bax. Nunca convertiría en piedra sus propias cosas.

Dos taquillas más abajo, le sucedió lo mismo a Marigold.

El director González se abrió paso entre el gentío.

—Por favor, mantened la calma —gritó—. Venga, todos a vuestras clases. Vuestros estudios son más importantes que estas rocas.

—Pero ¿a quién afecta esto? —gimió Lacey—. ¿Y quién va a volver las cosas normales de nuevo?

Paige dirigió una rápida mirada a Nory.

—Sé que no has hecho esto, pero no pinta bien.

—¿Por qué?

—Acabas de decir que Lacey y esos Chispazos os arrojaron pelotas de tenis ardiendo, y ahora se echan a perder sus cosas y las de sus amigos.

—Pero también las cosas de Bax —dijo Nory—. ¡Y de Marigold!

—Lo sé —dijo Paige—. Pero quizás otra gente piense que lo habéis hecho adrede para que no sospechen de vosotros. Además, ese amigo tuyo sí que puede convertirse en roca. —Paige cambió de postura con incomodidad—. Tal vez la gente se haga preguntas, eso es todo.

La señorita Starr quiso que hicieran otro ejercicio de confianza. Esta vez consistía en formar parejas y dejarse caer hacia atrás confiando en que la otra persona te sujetara. Willa formó pareja con Elliott, Nory con Marigold, y Bax con Pepper. Andrés no podía participar, así que Sebastian tuvo que hacer el ejercicio con la profesora.

Bax agarró bien a Pepper, pero cuando fue el turno de que la chica le cogiera a él, Bax fue incapaz de dejarse caer. La situación le incomodaba tanto que casi muta. De todos modos, consiguió calmarse y mantener su forma humana.

—No te preocupes —le dijo Pepper—. ¿Lo intentamos otra vez?

Bax vio cómo Marigold estaba a punto de dejar ir a Nory.

—¡Uy! —chilló la chica mientras agarraba a Nory por las axilas—. He entrado en pánico. No quisiera encogerte.

—Bien —dijo la señorita Starr indicando que regresaran a sus pupitres—, ahora que hemos creado una atmósfera de confianza, hablemos de lo que ha sucedido hoy en las taquillas.

—¡Yo no he sido! —exclamó Bax poniéndose colorado.

—Nadie ha dicho eso —le dijo la profe.

—Pero lo estáis pensando. Todos vosotros. ¡Me doy cuenta!

—¿Cabe la posibilidad de que lo hicieras y luego lo olvidaras? —preguntó Marigold.

—¿Alguna vez encoges tú cosas y lo olvidas? —preguntó Bax.

Marigold se mostró avergonzada.

—No, lo siento.

—Has llegado temprano al cole —dijo Sebastian.

—Pero él también tenía rocas en la taquilla —replicó Nory.

Bax tensó la mandíbula.

—He venido pronto solo porque el martes por la noche me toca ir a casa de mi madre, y hoy me ha traído en coche al cole. —Tragó saliva—. Pero Andrés estaba aquí antes que yo.

Andrés se encogió de hombros.

—Carmen tenía que trabajar en un proyecto suyo. Hemos tenido que venir una hora antes.

—¿Y tú? —dijo Nory señalando a Elliott—. Dijiste que tenías «que hacer una cosa», pero no has explicado el qué. ¿Dónde estabas? No digas que tenías clases particulares, porque los miércoles no te toca.

151

Todo el mundo observó a Elliott.

Se puso rojo.

—Estaba trabajando con Willa.

—¿En qué? —preguntó Marigold.

—Eso, ¿en qué? —insistió Nory.

—No podemos contarlo —respondió Willa con una sonrisita.

Nory no sospechaba de Elliott. Era demasiado majo como para convertir las cosas de la gente en rocas. Y, total, su magia no le permitía hacer eso. ¿O sí? Pero deseaba borrar esa sonrisita del rostro de Willa. Ojalá Elliott dejara de tener secretos.

—Prosigamos —dijo la señorita Starr—. No importa quién ha llegado pronto hoy, porque nadie de esta clase es responsable de lo sucedido con las taquillas. Sé que nadie de esta clase es responsable. ¿De acuerdo, clase?

Les dedicó una mirada severa, como para meterles bien en sus cocorotas que confiaba en ellos. La opresión en el pecho de Nory disminuyó. La atmósfera en toda el aula dejó de ser tan agobiante.

—De cualquier modo, la gente habla y los rumores vuelan. A nadie le hace gracia ser el blanco de una conducta cruel —explicó—. Démosle al coco todos juntos para dar con alguna manera elegante de reaccionar ante los comentarios mezquinos.

Bax sugirió una idea.

—¿Y si lo ha hecho la propia Lacey? ¿O con la colaboración de los Chispazos?

—¿Por qué iba a convertir sus cosas en piedra? —preguntó Marigold.

—Para tendernos una trampa y que parezca que lo hemos hecho nosotros —contestó Bax.

—Sí, yo he pensado lo mismo —añadió Nory—. Pero ¿cómo podrían dar forma de libros a las piedras? ¿Les creéis capaces de convertir cosas en rocas con su poder flameante?

—¡Clase! —exclamó la seño—. Nuestro objetivo es reaccionar de modo positivo a rumores y maldades, pero seguís intentando buscar culpables. ¿De qué sirve eso?

Todo el mundo se quedó callado. Bax lamentaba lo que había dicho.

La profesora suspiró.

—¿Sabéis qué? Mejor dejamos el tema de momento y, en su lugar, practicamos el pino un rato. Ver el mundo desde una perspectiva del revés siempre nos ayuda de un modo u otro.

La clase alcanzó un nuevo récord: todos hicieron el pino durante dos minutos enteros.

Bax, en realidad, no hizo el pino, porque se convertía en roca a cada intento. La señorita Starr y él habían ideado una manera alternativa que consistía en inclinarse de espaldas sobre el asiento de la silla, y así su cabeza colgaba boca abajo.

Dos minutos eran mucho rato, pero cuando el niño se incorporó, tuvo que admitir que se sentía mejor.

12

A las tres, Nory esperaba delante del cole a sus compis del equipo de balón-gato. Iban a la tienda de chuches.

—Lo siento —dijo Paige—. Solo estamos nosotras. Los chicos han pasado.

—¿Por qué?

—Por el asunto de las taquillas, ya sabes, y las rocas. Finn está enfadado, y Akari suele hacer lo mismo que Finn.

Se fueron en dirección al instituto. Dos manzanas más allá, había una sucesión de tien-

das: una pizzería, un puesto de periódicos, una papelería y la tienda de la esquina que vendía fruta, verduras y chuches.

—Pues Finn parecía divertirse con lo de las rocas en las taquillas —dijo Nory—. ¿Por qué está enfadado ahora?

—Le ha parecido divertido cuando le ha pasado a Lacey. Al descubrir sus propias cosas convertidas en roca, pues no tanto. Ahora su teléfono es de piedra, y sus padres le advirtieron que no le comprarían otro si se escacharraba. Sus cromos de béisbol ya no sirven para nada, igual que la bufanda que le tejió su hermana.

—Vale. Pero sabe que yo no lo he hecho, ¿verdad? —preguntó Nory.

Paige apartó la vista. Llegaron a la tienda y se quedaron de pie en la entrada.

—Supongo. Pero no había pasado nada así hasta este año, el primero en que hay una clase de Magia del Revés.

—¿No me crees? —preguntó la niña.

Paige se tapó los ojos con la base de las palmas. Luego dejó caer las manos.

156

—Quiero creer —respondió—. Todos queremos, pero alguien ha gastado ese bromazo que no tiene la menor gracia. La gente se pregunta si todos los de MR juntos habréis sido capaces de hacerlo...

—¡Es imposible! —aulló Nory.

—¡Pues dame una explicación mejor!

Nory no la tenía.

Ninguna de las dos chicas dijo nada más. Nory intentó no ponerse a gritar, de lo frustrada que estaba. Al final, Paige entró en la tienda.

Cuando volvió a salir, le pasó a Nory una chocolatina sin decir nada. Luego durante el entrenamiento de balón-gato, delante de más gente, no le dirigió la palabra.

En la siguiente clase particular, Bax se alegró de poder decir al entrenador que había hecho sus deberes con el fuego. Dos veces.

—A mí, mi tía no me ha dejado —dijo Nory.

—Yo lo hice el martes con mi madre —explicó Bax.

Su madre había encendido una vela de aromaterapia y él había estudiado la llama mientras ella intentaba convencerle de que hiciera algunas posturas de yoga.

—Y volví a hacerlo anoche otra vez con mi padre —añadió.

Su padre había apagado las luces, luego encendieron cerillas sobre la encimera de la cocina, rodeando con las manos las llamas para mantenerlas encendidas. Estaba sorprendido de lo divertido que había sido en las dos ocasiones.

—Pues muy bien —dijo el entrenador—. Excelente. Ahora lo que te interesa es ver tu espíritu como una llama, es decir, la parte de ti que te hace ser tú mismo. Te interesa mantenerla encendida, mantener la llama viva y protegerla. Si practicas, aprenderás de forma gradual a mantener alerta tu espíritu cuando seas una roca.

—Lo intentaré —respondió Bax.

—Aprendí esta técnica cuando estudiaba mutación reptil en la universidad —comentó el entrenador—. Los reptiles son animales de san-

gre fría. Las tortugas y los cocodrilos en cierto modo se parecen a las rocas, ¿no crees? Pasan mucho tiempo parados por ahí sin hacer nada de nada. Cuando te encuentras dentro de un cuerpo de sangre fría, es fácil perder de vista la llama humana. Los Flexiformes que se transforman en reptiles aprenden esta técnica de la llama, y por eso he imaginado que merecía la pena intentarlo contigo.

Bax pensó en la llama.

Pensó en mantenerla viva.

Pensó en protegerla, dentro de su mente.

—De acuerdo, ¡ahora muta! —gritó el entrenador.

El rostro de Bax empezó a secarse, o al menos eso sentía él. Luego sus piernas se le contrajeron. La rigidez se extendió desde sus pies hasta la cabeza, y una densidad pegajosa detuvo su sangre y respiración.

Pero mantenía la llama, la llama que era su espíritu.

¡Lo estaba logrando! Era una roca, ¡pero seguía siendo Bax!

159

—¿Has visto eso? —preguntó el entrenador a Nory—. ¡Asombroso!

—¿Sigue siendo Bax? —preguntó ella—. Quiero decir, por supuesto que es Bax. Pero ¿sabe él que es Bax?

—¡Bax! ¡Hola! —aulló el entrenador—. ¿Puedes oírnos?

Bax no podía responder. Pero sí podía oír.

Era alucinante.

Esto no había sucedido antes, nunca jamás.

Era Roca-Bax. Le entraron ganas de rodar y rebotar.

Pero no podía.

Le entraron ganas de cantar.

Pero no podía.

Vale. Seguía sin poder hacer cosas físicas. Pero podía oír. Y podía pensar.

—Mmm. Otra parte peliaguda, ajá. Si puede oírnos («¡Sí puedo!», pensó Bax), ¿cómo nos lo hará saber? —El entrenador soltó un suspiro—. Lo llevaré a la enfermería. Nory, vuelve a clase.

Bax oyó tararear. Un tarareo precioso. Oyó

el débil pisoteo sobre las fibras de la alfombra y el crujido de la madera. ¡Ruidos maravillosos! Luego un resoplido, un asombroso resoplido, mientras el entrenador aupaba a Roca-Bax sobre la carretilla. Podía oír. ¡Podía oír!

Los sonidos del pasillo seguían filtrándose: el golpe de una taquilla al cerrarse, la charla de chavales, el eco de pisadas.

—¿Ha sucedido otra vez, mmm?

Roca-Bax oyó decir eso a un hombre. Era el director González. El chico reconoció la voz profunda.

La carretilla dejó de moverse.

—¡Oh, hemos hecho progresos! —respondió el entrenador—. Ahora se transforma a propósito más a menudo y lo hace de forma involuntaria cada vez menos. Y ha hecho sus deberes. Aunque aún no sé si funciona la nueva técnica que le he enseñado.

El director González emitió un chasquido de desagrado.

—Llenar las taquillas de rocas no es el tipo de progreso que yo esperaba.

—No ha sido Bax —replicó el entrenador—. El talento Flexiforme no funciona así.

—Tal vez el de Bax, sí.

—Él dice que no ha sido —insistió el entrenador—. Y desde luego me incomoda llamarle mentiroso, ¿a usted no?

—Supongo que sí. —El director suspiró—. Pero no es que sea un niño muy feliz, y tiene talento con las rocas. No cabe duda que quien esté haciendo estos bromazos, sea quien sea, tiene magia del revés. He estado investigando el resto de posibilidades y no he dado con nada.

—Bax es un buen chaval —prosiguió el entrenador—. No estropearía esos abrigos y libretas. El programa de la señorita Starr le resulta de gran ayuda. Está ayudando a todos esos chicos.

El entrenador volvía a empujar la carretilla. Mientras Bax iba dando tumbos por el pasillo, se concentró en mantener la llama encendida dentro de su forma de roca. La llama era él. Era su mente, su corazón y sentido del humor; era su entusiasmo durante los partidos de balón-tigre y los libros en la mesilla de noche; era su manera de sentirse cuando reía o lloraba.

Que el director sospechara de él le entristecía, pero incluso así sentía una pequeña sensación pedregosa agradable. El entrenador creía de veras en él.

El enfermero Riley le aplicó el Burtlebox con el pincel, y por primera vez Bax sintió cómo recuperaba su forma de niño. Le dio gusto. Era como salir de un coche apretujado y estirar por fin las piernas.

—¿Mantuviste la llama, hijo? —preguntó el entrenador.

Bax asintió.

—¡Todo un hito! Uy. Quiero decir, ¡qué puntazo! Oh, caray. Por el amor a las algas, quiero decir...

El entrenador chocó los cinco con Bax.

—¿Qué ha hecho? —preguntó el enfermero Riley levantando las cejas.

—¡Díselo, hijo!

El entrenador estaba radiante.

—Mantuve mi mente humana —susurró Bax.

—¿Qué? —El enfermero le dio una palmada en la espalda—. Confiesa, no has hecho eso —bromeó.

—Sí, lo he hecho —replicó el chaval.

—Lo ha hecho —dijo el entrenador.

El enfermero Riley daba brincos:

—¡La mente humana! ¡En una roca! Eres impresionante, Bax. Qué alegrón me has dado —dijo.

Levantó una mano para decirles que se esperaran y entró corriendo en el cuarto trasero. Regresó con tres botellines de refresco de jengibre.

—Las tenemos para que la gente no vomite cuando tiene náuseas —explicó.

El entrenador negó con la cabeza.

—Deberías darles yogur natural cuando van a vomitar, si me permites meter baza. Yogur natural y papaya.

—Está bien saberlo —contestó el enfermero mientras les pasaba el refresco—. Un brindis. ¡Por Bax!

—¡Por Bax! —vitorearon.

Al retirar los tapones, los botellines soltaron sonidos silbantes.

Cuando Bax regresó al aula, Nory le miró moviendo las cejas.

El chico sacó su diario de comidas y escribió «refresco de jengibre».

Nory le hizo señas mientras la señorita Starr escribía los problemas de matemáticas en la pizarra.

—¿Cómo ha ido?

Bax sacó la regla y el lápiz.

—¡Bax! —susurró Nory.

—¿Qué?

—¡Ya sabes qué!

Bax puso cara de «No tengo ni idea de lo que me estás hablando».

La señorita Starr seguía escribiendo los problemas en la pizarra.

Nory se transformó en minino y saltó de su silla al pupitre de Bax. Plantó su hocico de Gatito-Nory ante su cara y abrió mucho los ojos.

—Vale, conforme. Lo he logrado, he mantenido mi mente humana —susurró Bax, y en su rostro se dibujó una enorme sonrisa.

Gatito-Nory hizo una pequeña danza gatuna y luego se persiguió la cola en el centro del pupitre de su compi.

—Por favor, mantened la forma humana durante la clase de matemáticas —dijo la señorita Starr sin tan siquiera darse la vuelta.

13

Al día siguiente, Nory se sentó con Bax y Pepper durante el almuerzo. Tocaban tacos. Añadió una ración extra de queso y tomates a los suyos. Pepper se puso lechuga cortada en tiras. Bax se echó de todo.

—Había pensado que podríamos ir todos a tomar una pizza después de clase y luego al partido de balón-gato —le dijo Nory a Pepper—. Al entrenador le parece buena idea que el grupo de MR participemos en los actos de la escuela, animando y mostrando espíritu escolar y

todo eso. Que nos sintamos parte de la comunidad.

Pepper vaciló.

—Yo me apunto —contestó Bax. De hecho, sonaba animado, pensó Nory.

—Todos vamos a ir —le dijo a Pepper—. Incluso Sebastian, aunque igual tiene que llevar una venda.

—Puedo apuntarme a la pizza, pero no al partido —comentó Pepper en un tono de voz suave.

—¿Cosas de familia?

Negó con la cabeza.

—Yo espanto a los gatos. Ya sabes que no puedo desconectar mi magia.

Vaya. Nory no había pensado en eso.

Pepper no podía ir a granjas ni acuarios ni a partidos de balón-gato. Ni ahora ni nunca, a menos que controlara su magia del revés.

—Ojalá pudiera venir —dijo Pepper—. Animad por mí, ¿vale?

Bajó la vista al plato y empezó a comer como si no hubiera más que decir al respecto.

Comieron tacos en silencio durante un minuto, y luego Nory alzó la vista. Oh, jolines, ahí estaba Lacey Clench, hablando con los niños del club de balón-gato para principiantes. Entró en tensión.

—Me han dicho que Lacey le cuenta a la gente que si consigue las cincuenta firmas, el director González tendrá que retirar nuestro programa de estudios —explicó Pepper a Nory.

—Antes, cuando me he convertido en roca —explicó Bax—, le he oído decir al director que piensa que los bromazos son obra de alguien de MR.

A Nory se le revolvió el estómago.

—¿De verdad? —preguntó Pepper—. Si el director está en contra de nuestra clase, estamos acabados.

Nory intentó mirar el lado bueno.

—Apuesto a que Lacey no consigue cincuenta firmas. No puede haber tanta gente mala en nuestro cole.

—Un montón de gente con taquillas cercanas a la mía ya ha firmado —explicó Bax.

—¿Y si le robamos la petición? —preguntó Nory—. O quizá Marigold pueda encogerla hasta hacerla desaparecer...

Pepper negó con la cabeza.

—Eso no está bien. Además, sabrían que hemos sido nosotros.

—Entonces voy a hacer algo, y ahora mismo —repuso Nory.

Se levantó y fue caminando hasta la mesa junto a la que estaba Lacey de pie agarrando la petición contra su pecho.

—¿Paige? —dijo Nory—. ¿Akari? ¿Finn? Paige abrió mucho los ojos.

—¿Vais a firmar la petición de Lacey? —preguntó Nory.

Finn pateó el suelo y bajó la vista.

Lacey meneó la petición ante él.

—Firma ahora, si quieres estar con los demás o vete y hazte amigo de los tarados —dijo—. A mí no me importa. Puedo preguntar a mucha más gente. Los de sexto curso. ¡Los de séptimo!

A Nory le entraron ganas de mutar. Tal vez un mofetante. O un dragatito. Podía hacer correr

a Lacey Clench muerta de miedo. Lo había hecho antes, y podía repetirlo.

Pero no.

Mutar en la cafetería nunca resolvía ningún problema. Respiró hondo, tal y como le había enseñado la señorita Starr.

No mutó.

En vez de hacerlo, habló alto y claro:

—Los estudiantes de la clase de Magia del Revés somos niños y niñas como tú Lacey. Comemos los mismos tacos, bebemos la misma leche con cacao, tenemos amigos, hacemos los deberes y también deporte. Sí, no siempre es fácil tenernos en el cole, eso lo entiendo.

—Ese mostete daba miedo —dijo Akari.

—¡Y Marigold me encogió! —replicó Lacey.

—Claro, pero los Flameantes provocan accidentes con fuego, y pasa con los Fluctuosos cuando vuelven invisibles las cosas. Los Flexiformes que están aprendiendo a transformarse en carnívoros también dan buenos sustos. Las taquillas ya se habían vuelto invisibles antes. La biblioteca ardió. Estamos acostumbrados a esas cosas, porque suceden todo el rato. Llamamos a un maestro o usamos un extintor, y luego seguimos con nuestra jornada.

Lacey se cruzó de brazos y frunció el ceño.

—Lacey —continuó Nory—, ¿en serio sabes, sin ninguna duda, que mis amigos y yo somos los culpables de transformar en piedra las cosas de las taquillas?

—Sí.

—¿Tienes pruebas?

—No me hace falta probar lo que todo el mundo ya sabe, Nory Horace.

—Lacey, creo que deberías dejar en paz a Nory de una vez —dijo entonces Paige.

Se había levantado de la mesa para ponerse al lado de su amiga.

—No soy yo la que está molestando —replicó la otra—. Es ella la que me molesta a mí.

—Por favor. Lárgate de una vez —dijo Paige cogiendo la mano de Nory para darle un estrujón.

Akari se levantó.

Finn también se puso de pie.

A Nory se le hinchó el corazón. Captó los rostros de sus amigos de balón-gato, y se volvió a mirar a Pepper y a los otros, que los estaban observando.

—No hay por qué pelearse, Lacey —dijo Nory—. Todos podemos ser mejores, ¿no te parece?

Lacey Clench entornó los ojos y salió de la cafetería pisando fuerte.

14

El grupo de MR se reunió después del cole en la pizzería situada junto a la tienda de la esquina. Los ocho se apiñaron en un reservado. Aunque estaban apretujados, estaban juntos. Pidieron pizza.

Nory se sentía contenta. Le encantaba haber cogido sitio al lado de Elliott, porque además él tenía hoy el día divertido en vez de mostrarse reservado. Congeló la limonada de Nory cuando el camarero no miraba para que así tuviera un sorbete.

—Sebastian, haz un poco de sitio —dijo Marigold.

Estaba estrujada entre Sebastian y Andrés.

—No te muevas, Sebastian —soltó Bax, que estaba sentado junto a él, pero al otro lado—. Me estás clavando ese cono para perros que llevas.

Sebastian acercó la mano al cono blanco de plástico que rodeaba su cabeza. Parecía uno de esos artilugios que llevan los perros cuando se recuperan de alguna operación. No es que lo pareciera: era precisamente eso. Nory lo tenía claro porque había leído la pegatina con el precio que Sebastian había olvidado retirar. Decía: CONO PARA PERRO, XXL, 7,99 $. PET VILLAGE.

Sebastian desplazó el cono para volver la cara y así poder mirar a Bax.

—Es un cono para la cabeza —dijo— dado que yo lo llevo rodeando mi cabeza.

Bax alzó una ceja.

—Los perros también lo llevan alrededor de la cabeza.

—Pero yo no soy un perro. —Alzó la barbilla—. Soy humano.

Nory se volvió hacia él.

—¿Tienes que llevarlo mientras comes?

—Hoy es el primer día que lo pruebo —respondió el niño—. Tengo que acostumbrarme, la gente hace eso con las gafas.

—En realidad no hay que acostumbrarse a las gafas —comentó Pepper.

Sebastian se torció para mirarla. Al moverse, su cono se inclinó sobre un recipiente con queso parmesano.

—Pepper tiene razón —dijo Marigold. Se dio un toque en la oreja—. No debería hacerte falta acostumbrarte a él. Con mi audífono, lo enchufo y funciona.

Sebastian volvió la cabeza al otro lado para mirar entonces a Marigold, ya que el cono le impedía la visión periférica.

—El cono que tengo en la cabeza es un experimento —dijo—. Estoy trabajando en mi magia del revés, pensando fuera de la caja, como dijo la señorita Starr.

—Fuera de la caja y dentro del cono —añadió Bax.

Sebastian se volvió de repente y dio un porrazo a Bax en la mejilla con el cono.

—Uy —protestó el chaval—. La verdad, tío, ¿no te lo puedes quitar ni diez minutos?

Sebastian soltó una exhalación.

—El cono bloquea las ondas sonoras procedentes de los lados, y así no me distraigo. Pensad en un caballo que lleva orejeras para centrarse solo en lo que tiene delante. Es lo mismo, pero con el sonido. Si funciona creo que podría ponérmelo en situaciones de supervolumen, en vez de mi venda.

—Andrés, ya que Sebastian no se va a quitar el cono, ¿te importaría flotar hasta el techo? —preguntó Marigold—. Así podremos estar más anchos y tú estarás más cómodo.

Marigold estaba comprimida entre Sebastian y Andrés, que llevaba una mochila de ladrillos y estaba sujeto mediante una trama de cordones elásticos en torno a la silla, que luego pasaban entre las patas de la mesa.

Andrés cogió el servilletero como si ese objeto fuera a ayudar a tirar de él hacia abajo.

—¿Subirme al techo delante de desconocidos? ¡Ni en broma!

—¿Qué vas a hacer durante el partido de balón-gato? —preguntó Pepper—. El estadio tiene tribunas descubiertas.

Andrés se puso pálido. Perdió la mirada en la distancia, como si se imaginara flotando por encima de los bancos planos y pulidos, con la correa y los cordeles elásticos colgando de él como serpentinas.

—Podemos conseguir más ladrillos para su mochila —sugirió Nory.

Pero notó un retortijón en el estómago. En realidad, no había pensado en Andrés durante el partido.

—Entonces pesaría demasiado como para que alguien pueda llevarme allí —respondió el crío negando con la cabeza—. Igual es mejor que me quede en casa.

A Nory le dio un vuelco el corazón.

—¿Sebastian? ¿Y qué hay de tu cono? —pre-

178

gunto Marigold—. ¿Vas a ir al partido con eso puesto?

—Me he comprometido con mi cono —dijo Sebastian—. ¿Qué es lo que no entiendes del tema?

Elliott apoyó en la mesa el borde de la pizza.

—Nory, igual no es tan buen plan que vayamos todos al partido de balón-gato.

—¡No! —gritó Nory. Al instante se tapó la boca con la mano. Nunca antes le había hablado con tal brusquedad—. Quiero decir..., quiero decir...

—Los Chispazos van a por nosotros, eso ya lo sabemos —dijo con rotundidad Marigold—. Si aparecemos con un cono para perros...

—¡Cono para cabeza!

—... y cordones elásticos y ladrillos... —dobló la servilleta de papel por la mitad, y luego otra mitad—. La idea es buena, lo de hacer piña, pero algo puede fallar.

—Venga, demostraremos espíritu escolar —dijo Nory—. Eso nos ayudará a dejar claro que no somos diferentes a los demás en Dunwiddle.

—Solo que sí somos diferentes, cualquiera se da cuenta —replicó Marigold. Su mirada saltó a Sebastian y luego a Andrés—. Y podemos ocasionar algún daño. ¿Y si encojo a alguien?

—Marigold tiene razón —dijo Elliott—. Es demasiado arriesgado.

Nory dirigió una mirada suplicante a Pepper, luego recordó que ella ya había dicho que no asistiría al partido, y con un buen motivo. Espantaría a los jugadores.

Pero ¿eran igual de buenos los motivos de los otros?

No.

Tal vez.

—El entrenador dice que un equipo solo tiene la fuerza de su jugador más débil —explicó Nory detestando el tembleque en su voz.

—Bien, entonces yo soy el más débil —afirmó Andrés soltando la correa y deslizándose con cuidado poco a poco fuera del reservado, agarrándose a la mesa mientras sus pies flotaban cinco centímetros por encima del suelo—. Lo siento, pero me marcho a casa.

Elliott dejó el dinero en la mesa con un golpe. Se escurrió para pasar junto a Nory y salir del reservado, luego se hizo cargo de la correa de Andrés.

Marigold también dejó su dinero en la mesa.

—El señor Vitomin es tu entrenador, no el mío —le dijo a Nory—. Y no creo que con esto esté siendo débil, creo que estoy siendo lista.

Al final, solo fueron al partido Bax, Nory, Sebastian y Willa. El estadio de balón-gato se encontraba a tan solo un par de manzanas de la escuela y de la pizzería. También lo empleaba el instituto. Era más grande de lo que Bax había imaginado, teniendo en cuenta que la cancha en sí era del tamaño de una sala de estar. Mucha gente traía binoculares.

Los Voladores de más edad sobrevolaban el estadio, veloces como flechas, arrastrando pancartas de la escuela. «¡Leche! ¡Atún!», gritaban los Felposos, ofreciendo delicias para gatos desde el extremo de la cancha. Parte de la tradi-

ción del balón-gato consistía en que los Felposos se agrupaban en las bandas para intentar distraer a los jugadores del equipo contrario. Los punteros de láser estaban prohibidos. Parecía que hoy, por el momento, los jugadores estaban controlando su mente humana, sin dejarse tentar por la magia Felposa.

—Oh, oh... tenemos movida —dijo Nory entre dientes, clavándole el codo a Bax.

Meneó la cabeza para indicar.

¡Puaj! Los Chispazos estaban sentados justo delante. Bax detectó a Lacey, Rune y Zinnia, junto con los nuevos fichajes de la cabaña en el árbol. Lacey llevaba su petición en la mano.

—Y yo que pensaba que se tomaría un respiro... —susurró Nory al oído de Bax.

—Nunca se toma un respiro en nada, qué va —respondió Bax—. No sabe de eso.

—Deben de estar tramando algo, o no se sentarían cerca de nosotros —dijo Sebastian. Llevaba el cono en la cabeza y se veía en la necesidad de girar todo su cuerpo cada vez que quería ver algo.

Nory cerró los puños y se inclinó hacia delante.

—¿Qué hacéis aquí? —preguntó a Lacey.

—Animar a nuestro equipo de balón-gato —respondió Lacey con dulzura—. ¿Qué si no?

—Ya —dijo Willa—, permíteme que lo dude.

No había adultos por allí, pero Lacey bajó la voz de todos modos.

—Os vamos a poner en evidencia.

—Vuelve a sentarte —ordenó Bax a Nory en voz baja—. Quiere provocarte, eso es justo lo que quiere.

—Ha venido todo el mundo a ver el partido —dijo Lacey haciendo gala de toda su falsa amabilidad—. Los profesores de Flexiformes de todos los cursos. El director, el vicedirector. Oooh, incluso veo al asesor de orientación, dos maestros de Flameantes, uno de Flotantes, y dos de las responsables del comedor. También hay unos cuantos alumnos del instituto por aquí, y muchísimos padres. ¡Espero de veras que nada se embrolle en este partido de balón-gato! Porque como sea así, todas y cada una de las personas verán de quién es la culpa.

Bax recordó la tarde que hicieron de espías, el día del cumpleaños de Andrés. Debería haber comprendido entonces que los Chispazos intentarían algo así. Justo allí, donde pudieran verlo los padres y la administración escolar. Marigold tenía razón.

—Nory —dijo Bax—. Vayámonos a otra parte del estadio.

—Ni hablar —replicó ella—. Estos asientos son buenos de verdad. Si nos trasladamos estaremos muy atrás. No podemos dejar que nos asusten.

Lacey sacudió su petición.

—Conseguiremos más peticiones de las necesarias, y el director González tendrá que escucharnos, ya veréis.

En la cancha, la árbitra cogió el micrófono. Llevaba una camisa con estampado de leopardo.

—¡Bienvenidos al partido Micifús de Twinkle contra Cascabeles de Dunwiddle! ¡Queda inau-

gurada oficialmente la temporada de balón-gato de enseñanza secundaria!

El gentío gritó con entusiasmo.

Sebastian hizo una mueca:

—Oh, ay, las ondas sonoras visibles. Mi cono de cabeza no va a ser suficiente si todo el mundo anima y grita por ese micro.

Se quitó el cono soltando un clip de su cuello y lo dejó en el suelo junto a sus pies.

—Me paso a la venda. Espera, espera... ¿Dónde está mi venda? —preguntó palpándose los bolsillos.

El gentío empezó a aullar.

¿Quién va a brincar? Casca-beles, Casca-beles.

¿Y quién va a dominar? Casca-beles, Cascabeles.

¡Nuestras victorias hacen historia!

No podéis vencer

¡a nuestro Cascabel!

—¿Habéis visto mi venda? —preguntó Sebastian a los demás—. La tenía en el bolsillo de

atrás, pero ahora no la encuentro. Me duelen los ojos una burrada con estos cánticos.

Nory y Willa empezaron a buscar en el suelo de las tribunas a su alrededor. No hubo suerte.

¡Oh!

Bax descubrió a Rune con la venda en las manos. ¡Se la debía de haber robado a Sebastian y ahora se la metía en su mochila! Cuando volvió a sacar la mano sostenía unas maracas.

—¡A ver qué tal estas ondas sonoras, tarado! —gritó Rune pasándose una de las maracas a la otra mano para hacerlas entrechocar.

Sebastian se encorvó, agobiado. Entonces, Zinnia sacó un triángulo y lo hizo sonar al tiempo que Lacey agitaba unos cascabeles. Sebastian se tapó los ojos mientras soltaba un gemido grave. Necesitaba su cono o su venda, pero no llevaba ninguno de los dos.

La gente empezaba a mirar en su dirección.

Luego sonó el silbato y todo el mundo volvió la atención a la cancha. Los gatos se concentraron, arqueando las columnas y meneando la cola. Los Cascabeles de Dunwiddle llevaban

cuellos de un intenso color rojo. Los Micifús de Twinkle iban de amarillo.

—¡Miz, miz, ahí va! —gritó la árbitra echando a lo alto la pelota de hilo rojo.

Los animales volaron. Los gatitos saltaban y rodaban, salían como flechas y se echaban a un lado. Atrapaban la pelota y la pasaban con la cola. Uno de los gatitos de Dunwiddle se abalanzó sobre un gato manchado de Twinkle, y este se transformó en una aturdida niña de doce años.

—¡Fuera! —chilló la árbitra señalando a la niña. A continuación, señaló al minino de Dunwiddle—. ¡Y tú, mucho cuidado con esas garras! ¡Treinta centímetros de hilo de penalización!

Un nuevo gatito entró por el equipo de Twinkle: era la maravilla de seis dedos. Uf, ese minino sí que sabría rematar la pelota. Bax disfrutó observando a Nory, que se inclinaba hacia delante con los ojos brillantes. ¡Vaya pase tan asombroso! ¡Y ese brinco! Ahora habían sacado la pelota de hilo amarillo y Dunwiddle contraatacaba con un patadón que mandó el hilo que se desenrollaba por la cancha. ¡Vamos, Cascabeles! ¡Vamos, Cascabeles!

Bax también estaba concentrado en el partido. Hasta que oyó el cántico.

—¡Lluvia, lluvia, vete, y otro día vuelve!

Eran los Chispazos. Habían rodeado a Willa y Sebastian. No paraban de cantar, dándole a los instrumentos y rociando a Willa con agua de una botella.

—¡Lluvia, lluvia, vete!

Willa no dejaba de pestañear, con las mejillas cada vez más sonrosadas. Intentó salir de ahí pitando, pero los Chispazos la rodeaban. Sebastian aún se balanceaba con los ojos cerrados.

—¡Basta! —chilló Bax—. ¡Dejadlos en paz!

—¡Lluvia, lluvia, vete, y otro día vuelve! —cantaban los Chispazos.

—¡Nada de llover, Willa! —interrumpió Nory—. No les des esa satisfacción.

Pero los Chispazos no paraban de cantar.

Y Sebastian seguía meciéndose.

Willa se tapaba los oídos.

Bax notó una opresión en el pecho y luego un tirón en la piel de su rostro. A continuación, sintió un cosquilleo reconocible en los huesos, y pasó de sentirse inútil a sentirse aterrorizado.

«No —se dijo—. No mutes ahora».

Apoyó las palmas de las manos en el banco.

«Respira profundamente. Mantén la llama, por si acaso, tú hazlo. No mutes...

»Oh, no. Oh, guau».

No había mutado, pero el banco del estadio contra el que apoyaba las manos había cambiado su plástico con resaltes por una dura caliza gris.

Bax apartó al instante las manos, pero la transformación del banco en piedra continuó, desplazándose desde donde las tenía apoyadas un momento antes.

Se volvió de roca bajo Willa. Y bajo Sebastian. Y bajo toda la gente que estaba sentada más allá.

¡Y también cambió el suelo bajo sus pies! La madera se convirtió en granito y todo lo que

había sobre el suelo se transformó en roca. Mochilas, chaquetas, vasos. No cambió nada de lo que estaba en contacto con la gente, pero las pertenencias que no sujetaban —cámaras, teléfonos, monederos— se transformaron todas ellas en piedra. La transformación se propagó como una ola por todo el estadio.

A Bax le quedó más claro que el agua que él era el responsable.

Era él quien había iniciado esto. No era su intención hacerlo, pero él, Bax, era el culpable.

—¡Nory! —llamó—. ¡Nory, tengo que salir de aquí!

Sus palabras quedaron engullidas por la creciente oleada de confusión. Los niños pequeños gemían cuando sus muñecos de peluche dejaban de ser blanditos. Los refrescos se volvían de cemento y el griterío resonaba cada vez más alto.

—¿Qué está sucediendo?

—¡Mi cartera!

—¡Mi abrigo!

—Tengo ahí metidas las llaves del coche.

—Mi dinero está ahí dentro.

Bax se levantó de un brinco. Tiró de Nory y la niña se volvió hacia él.

—¡Soy yo! —exclamó.

—¿Qué?

El chico tuvo que chillar:

—¡Soy yo! Yo lo he empezado, y se está propagando. ¡Soy yo quien convierte las cosas en rocas!

La expresión de Nory mostró tal horror que Bax dejó de respirar.

Entonces se obligó a tomar aire. Se abrió paso entre el gentío, llegó al aparcamiento y echó a correr.

15

Nory salió corriendo tras Bax.

Corrió por el suelo de piedra de las tribunas, bajó por los escalones de piedra y atravesó las pesadas puertas de piedra. Veía a Bax por delante de ella, corriendo por la acera, y lo llamó por su nombre, pero él no se detuvo.

La casa del padre de su amigo estaba a diez manzanas, y Nory no dejó de seguirlo corriendo.

Lo alcanzó justo ante la casa. Se había detenido por fin y estaba sentado en el porche con la cabeza inclinada. A su lado había un perro,

 193

un basset de aspecto acongojado, y junto a él dos ardillas amodorradas. Nory distinguió también dos cabras, varios chuchos, más un pastor alemán, algunos pájaros azulejos, un montón de gorriones y un minicerdo, tumbados sobre el césped. Había grupos de ardillas rayadas apoyadas en los alféizares de las ventanas delanteras. Entonces llegó desde el patio posterior un resoplido grave y malhumorado, y una oleada de miedo ascendió por la columna de Nory.

Ese gruñido lo producía algo muy grande. Algo muy grande y muy infeliz.

—Es un rinoceronte —dijo Bax sin alzar la cabeza—. Ha llegado esta mañana.

Nory se sentó a su lado.

—¿Por qué? ¿Cómo? ¿De dónde ha salido?

—No tengo ni idea —contestó Bax—. Igual que no tengo idea de cómo yo..., ya sabes, lo he convertido todo en piedra en el partido de balón-gato. —La voz se le quebró—. No era mi intención, Nory, juro que no. Ni siquiera sabía que lo estaba haciendo hasta que bajé la vista. ¡Todo irradiaba de mí!

Nory estaba horrorizada.

—¿Hiciste también lo de las monedas?

Bax encogió los hombros con abatimiento.

—Supongo que debo de haber sido yo. Pero no adrede, y ni siquiera lo sabía. Aquella mañana traje un montón de monedas en el bolsillo para el tarro de Monedas para Pócimas, y eso debió de haberlo provocado todo. Se extiende a partir de lo que toco, supongo. No sucede de inmediato.

—¿Y las cosas dentro de las taquillas?

—También debo de haberlo hecho yo. Vine temprano ese día. Había tenido... una discusión con mamá sobre mi padre. Yo estaba bastante enfadado, igual tuvo algo que ver. Debe de haber empezado por algo que he to-

cado en mi taquilla, y luego se ha propagado desde ahí.

—¿Te había pasado antes? —preguntó Nory.

—¿Antes de qué?

—Antes de las monedas. ¿Alguna otra vez has convertido en piedra algo que no fueras tú mismo?

—No creo. Pero no lo sé —gimió Bax.

Necesitaban hablar con un adulto.

—Deberíamos contárselo a tu padre —dijo Nory—. Vamos adentro.

—No estoy seguro —contestó Bax—. Mi padre ya tiene suficientes preocupaciones.

—Debemos contárselo —repitió—. Venga. —Se puso de pie y abrió la puerta de entrada—. ¡Hola! ¿Señor Kapoor?

—Seguramente estará viendo la tele —dijo Bax—. Cuidado con las mariquitas. Es como si estuvieran por todas partes.

Entraron en el salón. En un extremo había un piano, con polvo en el armazón, pero no en las teclas. En medio de la habitación había una tele, también polvorienta, con un sofá delante.

Un hombre con los hombros caídos estaba sentado en ese sofá.

—Eh, papá —saludó Bax—. Esta es mi amiga Nory. Nory, mi padre.

El señor Kapoor apagó la tele y se volvió hacia ellos. Nory lo estudió.

Se parecía a Bax, con pómulos altos y saludable piel morena, pero tenía ojeras. Sus ojos eran amables pero tristes.

—Bax —dijo—, pensaba que el partido no acababa hasta las seis. ¿Cómo es que vuelves tan pronto?

—¿Señor Kapoor? —intervino Nory—. Me alegro de conocerle.

—Yo también de conocerte a ti.

—Bax no se ha sentido muy bien últimamente —dijo Nory—. Tiene que ver con su magia, es algo nuevo que asusta un poco.

El señor Kapoor entrecerró los ojos.

—¿Qué quieres decir? El Burtlebox funciona muy bien. Sigue funcionando, ¿cierto, Bax?

—Sí —le contestó su hijo—. Pero esto es algo diferente. Estoy convirtiendo cosas en pie-

dra, papá. Otras cosas aparte de mí. No puedo controlarlo.

El señor Kapoor sacudió la cabeza, luego soltó una profunda exhalación y volvió a hundirse en el sofá.

—Guau. Nunca había oído nada por el estilo.

—Necesitamos ayuda —continuó Nory.

—No estoy seguro de saber qué podemos hacer —contestó el señor Kapoor. No se levantó—. Tal vez debieras tomar más medicina.

El niño suspiró.

—No creo que eso vaya a funcionar. Todo el estadio de balón-gato se ha transformado en piedra. Tomar más Burtlebox no va a recuperarlo.

Pobre Bax. Debía tomar ese Burtlebox a todas horas. Cada día.

Oh. ¡Idea! Nory agarró a Bax por el brazo; se le había ocurrido algo.

—¿Recuerdas lo que dijo el enfermero Riley?

Bax negó con la cabeza.

—Dijo: «Con estas pócimas individuales, no siempre sabes cómo va a reaccionar el cuerpo de una persona con su uso a largo plazo».

—¿Y?

—Pues que igual estás tomando demasiada medicina, ¡y eso altera tus mutaciones! —gritó Nory.

—Pero la poción me ayuda —dijo él.

—Para recuperar tu forma, sí, pero ¡tal vez tenga efectos secundarios!

—¿Quieres decir que hace que transforme las cosas en piedra?

—Tal vez. Igual tomas tanta que te produce efectos secundarios. No lo sé. Tenemos que hablar con un médico.

—Los animales que rodean vuestra casa... ¿podrían también estar ahí por la medicina? —se preguntó Bax.

Nory pensó durante un minuto.

—No veo cómo. Pero, ¡eh!, ¿y si me transformo en minino? Tal vez intuya algo de lo que está sucediendo con los animales...

—¿Harías la prueba?

Nory se concentró con todas sus fuerzas y mutó. ¡Bum! ¡Bum! Los colores perdieron intensidad a su alrededor, como siempre sucedía cuando era Minino-Nory. Veía más borrosos los objetos alejados, ya que la vista lejana de los gatos era deficiente, y los olores se volvieron más intensos. Intentó mantener el control de su mente humana, pero de repente... tenía ganas de tumbarse.

Se sentía triste.

No sabía por qué.

Empezó a andar en dirección al salón, hacia el padre de Bax, que seguía sentado en el sofá.

Algo raro pasaba con el señor Kapoor... Era como si la atrajera hacia él con su desdicha.

«¡Alto! ¡Peligro!», exclamó la mente humana de Nory.

Pero la mente de Minino-Nory se sumió en la tristeza. Nada importaba. Todo era gris. Moverse costaba mucho, así que se dejó caer allí donde estaba, a los pies del señor Kapoor.

—¡Sal! —se dijo Chica-Nory a sí misma—. Vuelve a tu forma.

«¿Por qué molestarse?», se preguntó Minino-Nory. Luego dejó de pensar. Dejó de pensar y de preocuparse. Nada importaba. El mundo era gris y deprimente, siempre lo había sido y siempre lo sería. ¿Por qué luchar?

Unas manos la auparon, y unos ojos de niño encontraron los suyos de gatito.

—¡Nory! —llamó el niño.

«¿Bax?», pensó su mente humana.

—Nory. Vuelve a tu forma habitual. Tienes que volver, ¡ahora!

Y con gran esfuerzo, lo hizo.

—¡Vaya! —exclamó Nory en su forma humana.

Se fue corriendo hasta el padre de Bax.

—¿Señor Kapoor?

—Oh..., ah, ¿sí?

—Acaba de suceder algo un poco raro, y me preguntaba... —Tragó saliva—. ¿Usted tiene la magia del revés?

El señor Kapoor parecía asustado. Desplazó la mirada a Bax, luego volvió a Nory. Después se quedó observando su portátil y asintió.

201

—Cuando los animales se acercan a usted, se ponen tristes —añadió Nory—. Es lo que me ha pasado, ahora mismo, cuando me he convertido en gato. Por eso, todos estos animales se encuentran alrededor de su casa. Los atrae y los vuelve desdichados.

—Se me había pasado por la cabeza —murmuró el padre de Bax.

—¿Eres un Felposo del Revés? —preguntó Bax a su padre—. Pensaba que eras un Felposo alérgico.

—Cuánto lo siento, Bax, debería habértelo dicho. Me avergonzaba de mi magia, y luego cuando supe lo tuyo y lo de tu magia, y que había empezado el nuevo programa, me avergoncé de haberme avergonzado.

Según contó el padre de Bax, sabía lo de su magia desde que tenía diez años. Les explicó que los animales asimilaban sus emociones, fueran buenas o malas. A veces, los hacía felices, y eso era agradable. A veces, los ponía nerviosos

o celosos o tristes. Pero cuando el padre de Bax era pequeño, la gente no decía «magia del revés» cuando a alguien se le complicaba la magia, y no había programas educativos para ayudar a resolver ese problema. Todos sus amigos pensaban que su magia del revés daba miedo y era rara, así que él la detestaba también. Al trasladarse a otra ciudad, empezó a explicar a la gente que era alérgico a los animales, y decidió no volver a hablar de su magia.

—Te lo debería haber contado, Bax —repitió—. Se lo debería haber contado a tu madre, pero estaba avergonzado de mi magia del revés, eso era todo. Y luego me enteré del nuevo programa en Dunwiddle y me alegró mucho que al menos tú tuvieras la oportunidad de vivir una experiencia diferente.

Bax observó a su padre. Era un buen hombre. Y estaba muy triste. Por su magia del revés, por su divorcio, por haber perdido el trabajo.

«Se lo explicaré a la señorita Starr», pensó Bax. La señorita Starr, que vestía ropa de vivos colores y deportivas a juego. Que creía en ha-

cer el pino y en los *hula-hoops* y en la dinámica de confianza. La profe que enseñaba a sus alumnos a entender sus sentimientos en profundidad, en vez de controlarlos.

Se lo contaría enseguida y se lo explicaría todo, porque si alguien podía ayudar a su padre era ella.

—Mira —susurró Nory señalando la ventana.

Las ardillas listadas se habían ido del alféizar. Las ardillas pardas se estaban reanimando. Los gatos estiraban el lomo y los chuchos volvían a olisquear por el jardín. El basset mantenía su aspecto acongojado..., pero, claro, era un basset, y se acercó la pata trasera para rascarse una pulga.

No es que todo pintara mejor al instante, pero el padre de Bax se sintió aliviado, e igual se sintieron los animales.

Era un comienzo.

16

El lunes por la mañana a primera hora, Bax, su padre, su madre, el enfermero Riley, el entrenador y la señorita Starr se reunieron en el despacho del director González. Nory entró justo cuando empezaba la reunión, y la señorita Starr se dirigió al niño para explicarle que había sido ella quien había pedido a la pequeña que viniera.

—Si a ti te parece bien —dijo la señorita Starr.

—Claro, supongo —contestó Bax.

Nory le miró encogiendo los hombros, y él respondió con el mismo gesto.

—La culpa es mía por haber dado tanto Burtlebox a Bax —manifestó el enfermero Riley retomando la conversación.

—No, no lo es —dijo el padre de Bax—. ¿Qué otra opción tenía usted?

—Usted no podía saberlo —comentó la madre de Bax—. No podíamos saberlo. El doctor lo recetó. Ahora están preparando una nueva pócima para Bax.

—Es un territorio inexplorado para todos nosotros —afirmó el director González—. Pero podemos aprender de esto, y la escuela pondrá su empeño en apoyar a Bax en todo lo que pueda.

La señorita Starr sonrió al chaval mientras decía:

—El entrenador y yo colaboraremos para ayudarle a controlar sus mutaciones.

—Y ahora que ha aprendido a conservar la mente humana, no tardará mucho en recuperar su forma él solito —explicó el entrenador. Se

206

frotó las manos—. Me siento muy optimista. Ahora que tenemos su diario de comidas, podemos enseñárselo a un nutricionista y descubrir si algún alimento irrita su sistema y le obliga a mutar de forma involuntaria. El doctor también puede hacerle pruebas para detectar alergias. Y nosotros podemos empezar a añadir alimentos ricos en sustancias nutritivas.

—Lamentamos mucho lo que ha sucedido —aseguró el director a los padres de Bax—. Y vamos a hacer todo lo que esté en nuestras manos para que no vuelva a pasar.

—Somos tu equipo —dijo el entrenador al chaval—. Aquí nos tienes, a nosotros y a tus médicos, respaldándote en todo momento.

La madre de Bax estrujó la mano a su hijo. El padre le rodeó el hombro con el brazo. Bax se sintió un poco abrumado; lo único que podía hacer era asentir.

Todo el mundo se levantó, y los adultos se dieron la mano. El entrenador abrió la puerta del despacho para que pasara la señora Kapoor y se dispuso a salir tras ella.

Nory se movió para salir también, pero la señorita Starr le dijo:

—Nory, espera, por favor. Tú también, Bax. Señor Kapoor, ¿puede quedarse un momento?

El padre de Bax parecía confundido. Cuando la profesora cerró la puerta del despacho, todos los presentes volvieron a sentarse.

—¿Qué pasa? —preguntó el padre.

—Bax me ha dicho que es un Felposo del Revés —dijo la señorita Starr.

—¿Qué? —Se puso colorado—. Yo no... En serio no...

—Señor Kapoor, creo que puedo serle de ayuda —dijo la señorita Starr dedicándole una sonrisa amable.

El padre tragó saliva.

—¿Y cómo es eso?

—Porque yo también soy una Felposa del Revés —respondió la profesora.

—¿Lo es? —exclamó Nory.

—¡¿Qué?! —soltó Bax.

El chaval había confiado en que su maestra

208

pudiera hacer algo por su padre, pero no contaba con esto.

El director González juntó los dedos formando un triángulo.

—Eloise es realmente extraordinaria —admitió—. Es un lujo tenerla con nosotros.

«Eloise —pensó Bax—. Eloise Starr, una Felposa del Revés».

Él y Nory intercambiaron una mirada fascinada. La señorita Starr había insinuado a sus estudiantes que su magia era del revés, tal como la de su clase, pero no había vuelto a hablar del tema.

—¿Podemos contárselo a los demás? —preguntó Nory.

—Podéis —dijo la señorita Starr—. Pero hacedme un favor, os lo ruego, no le deis tanta importancia a esto. No creo que hacer una demostración de mi magia durante las horas de clase sea lo mejor. Todos tenemos demasiadas cosas entre manos en estos momentos.

Nory y Bax se miraron otra vez. En eso tenía razón.

—En cuanto a usted, señor Kapoor —continuó—, ¿qué le parece si quedamos cuando le vaya bien y comentamos algunas técnicas que podrían resultarle útiles?

La sonrisa de respuesta fue grande y amplia:

—Por supuesto, me encantaría —respondió el hombre.

Cuando Nory entró en clase, se moría de ganas de contar a los demás lo que acababa de saber sobre la señorita Starr, que se había quedado hablando con Bax y su padre. Pero el aula ya era un hervidero, con Elliott, Andrés, Pepper y Marigold ansiosos por saber todo lo sucedido en el partido de balón-gato.

Marigold dijo:

—Lamento haberme enfadado así ayer. No era mi intención ponerme borde.

—No pasa nada —contestó Nory—. Entiendo por qué no querías venir al partido. —Alzó la vista—: Lo mismo te digo, Andrés.

Le sonrió y se volvió hacia Elliott.

—Fue un detalle por tu parte llevar a Andrés hasta su casa.

Elliott asintió.

—No podía quedarme con él y contigo al mismo tiempo. No sabía qué hacer y..., bien, lamento no haber estado para echar una mano. Parece que la situación se puso dura, con tanta piedra...

Sonrió, y Nory no pudo evitar reírse. Sebastian tenía muchas novedades.

—El estadio volvió a transformarse —contó a todo el mundo. Mantenía de nuevo su compromiso con su cono de cabeza, que movía de un lado a otro para poder ver los rostros de sus compañeros cuando hablaban—. El partido no pudo finalizarse, y los Cascabeles deben jugar otra vez con los Micifús este viernes.

—¿Cómo lograron devolver todo a su estado normal? —preguntó Nory.

—El señor Vitomin y el enfermero Riley usaron una mezcla de Burtlebox, zumo de granada, aceite de sardinas y crema para el picor, disuelta en leche de almendras. Igual que cuando

las cosas de las taquillas se transformaron en piedras. Pero, esta vez, lo metieron en un pulverizador enorme que molaba un montón. Y tampoco generaba demasiadas ondas sonoras —añadió el niño—. Me quedé a mirar incluso después de que mi padre viniera a recogerme. He oído que les llevó casi todo el fin de semana transformarlo todo. La gente ha ido esta mañana al estadio para recoger sus cosas. Todo estaba en orden, aunque un poco húmedo, y olía a sardinas.

Bax entró por la puerta mientras seguían charlando.

—¡Por favor! Tengo algo que explicar —dijo en voz alta.

Su mirada encontró la de Nory, y el aula se quedó en silencio.

—Fui yo —dijo Bax—. Las rocas.

Un jadeo resonó en toda la habitación.

—¡Vaya movidón!

—No cuela, Bax.

—Sí —continuó el crío—. Desde el principio, con las monedas, y luego las taquillas, y después el estadio... Fui yo.

Bax explicó que hasta la noche del viernes no había sabido que era responsable de ninguna de esas cosas. Y les explicó lo de la reunión que habían mantenido por la mañana: el equipo, las pruebas de alergia, la nueva pócima que los médicos querían probar...

—Pero lamento mucho lo de las rocas. —Raspó el suelo con la zapatilla—. Dejé a todo el grupo en mal lugar. Me refiero a la clase de MR. De no ser por mí, los Chispazos y toda esa gente que firmó la petición no estarían tan enfadados con la clase de Magia del Revés.

—Fue un accidente —dijo la señorita Starr, que había entrado después de él—. Todos tenemos claro que no fue a propósito, Bax.

—¿Estás bien? —preguntó Pepper—. Por los efectos secundarios del Burtlebox y todo lo demás.

—Eso, ¿te encuentras bien? —dijo Willa.

Bax sonrió. Se preocupaban por él.

—Sí. El enfermero Riley y el doctor creen que podrán usar otra medicina, y el entrenador quiere hacerme comer un montón de cosas nu-

tritivas asquerosas después de que me hagan las pruebas de alergia. Y dice que me dedicará más horas de refuerzo. Mi madre está ilusionada porque la señorita Starr dijo que me sentaría bien ir más a menudo a yoga con ella.

—Podemos mantenerlo en secreto —sugirió Andrés—, que fuiste tú quien convirtió las cosas en rocas.

—No —respondió él.

Pensaba en su padre y en todos los años que había mantenido en secreto su magia. Pensaba en la señorita Starr, la señorita Eloise Starr, y lo deseosa que se había mostrado por compartir su secreto, y eso que era una profesora.

Levantó los hombros.

—Podéis decírselo a los demás si queréis. Soy lo que soy. Y voy a iniciar una nueva campaña de Monedas para Pócimas, quiero reponer las monedas que faltan —explicó levantando el tarro para el cambio de su padre—. Si queréis ayudar, voy salir de colecta por el barrio después del cole.

Aquella tarde hubo entrenamiento de balón-gato en el patio. El entrenador les dio a todos alga marina y zumo de granada. Luego se entusiasmó al verlos comiendo chips de kale, así que volvió corriendo hasta la nevera de su despacho para traer más. Nory se quedó a solas con Paige, Akari y Finn.

Tenía la boca seca, estaba nerviosa. Pero Bax había sido lo bastante valiente como para contar a los niños de MR la verdad sobre las rocas. También ella tenía que ser igual de valiente y explicárselo al equipo de balón-gato.

No obstante, era delicado admitir que un crío de Magia del Revés había causado tantos problemas. Días atrás, Nory ya había discutido con sus compañeros de equipo para conseguir que la creyeran.

Vale. Iba a decírselo.

Ahora.

Vale.

Ahora, en serio.

Paige estaba practicando, se transformaba en gatito y volvía a su estado normal. Akari tra-

bajaba para que su gato atigrado fuera naranja en vez de gris, aunque en este instante solo su oreja izquierda era naranja. Finn había adoptado forma de gato y se perseguía la cola.

—¡Equipo! —exclamó Nory en su forma humana—. Escuchad.

Los tres gatitos formaron una hilera y la miraron.

—Estaba equivocada en algo —dijo Nory—. No era mi intención deciros una mentira, pero lo hice.

—¿Mrruumuau?

—¿Pddddpff?

Nory tragó saliva.

—Las rocas y las taquillas... Y lo que sucedió la otra noche en el estadio fue provocado por alguien de mi clase.

Paige volvió de repente a su forma humana. Akari y Finn la imitaron al instante.

—Nos tomas el pelo —soltó Paige. Se puso en jarras.

—¿En serio? —preguntó Finn—. «No hemos sido nosotros, no hemos sido nosotros», y ahora ¿admites que sí?

—No fueron bromazos, nada se hizo adrede —explicó Nory—. Mi compi se lio con la magia porque tomaba demasiada cantidad de una pócima llamada Burtlebox.

Paige dejó caer los brazos a ambos lados. Parecía deseosa de escuchar, igual que Finn y Akari.

Así que Nory les ofreció los detalles que podía contar. Lo único que no explicó fue la parte relacionada con el padre de Bax.

—Total, que Bax lo lamenta un montón —explicó Nory.

Paige asintió.

—Parece que en realidad no fue culpa suya.

—Marigold también lamenta haber encogido a Lacey. Y yo lamento lo del mofetante y el mostete.

—Bien, como has dicho, en realidad no es peor que un accidente de Flameante o los váte-

res invisibles —dijo Akari—. Durante las colonias de verano de este año me convertí en gatito, le rodeé la pierna a mi orientador y le mordí el tobillo.

—Yo me convertí en rata y mordisqueé todos mis lápices —explicó Paige.

—Pues yo usé el armario de mi padre como cajón higiénico —admitió Finn.

—¿Y quién no? —comentó Nory.

Los otros asintieron.

—Ojalá pudiera decir que no volverá a suceder algo parecido —dijo Nory—, pero no sé qué pasará. La magia del revés es del revés.

—Nosotros cuatro estamos en el equipo de balón-gato —añadió Paige—, y eso no va a cambiar.

—Sí —dijo Akari.

—¿Finn?

Nory le miró nerviosa.

—Pues claro —dijo el niño—. Ey, tengo bombones de mantequilla de cacahuete. ¿Alguien quiere alguna chuche antes de que regrese el entrenador?

—¿Estás de broma? —contestó Nory—. ¡Venga!

Los demás se rieron, y Finn pasó los bombones, que todo el mundo desenvolvió y se metió en la boca. Nory se sentía feliz y llena de energía, lista para rematar la pelota de hilo.

—Y así, ¿qué vais a hacer los de MR con lo de la petición? —preguntó Paige limpiándose el chocolate de los labios—. Después de las rocas del viernes, Lacey hizo una ronda y consiguió... digamos que un millón de firmas. Y luego otro millón más esta mañana.

—Oh.

Esa estúpida petición.

Había pensado que las cosas estaban mejor.

Pensaba que todo estaba arreglado.

Pero se había olvidado de aquella petición.

Lo primero que hizo el director González el martes por la mañana fue convocar una reunión de profesores y estudiantes. La anunció por megafonía, comunicando a los maestros que llevaran a sus alumnos al gimnasio.

La señorita Starr pidió al grupo de MR que respirara hondo y se mantuviera fuerte.

—No sé qué va a anunciar —les dijo—, pero yo no me avergüenzo de quiénes somos. O sea que mantendremos la cabeza bien alta. ¿Quién lleva a Andrés? De acuerdo, Pepper,

gracias. Ahora todo el mundo a hacer rápido el pino antes de ir al gimnasio.

Nory estaba nerviosa y se daba cuenta de que Bax también, por la manera en que no paraba de juguetear con el lápiz entre los dedos. Los estudiantes permanecieron callados mientras salían en fila del aula.

A excepción de Willa. Y Elliott. Porque no estaban con ellos.

¿Dónde estaban?

¿Por qué nunca se encontraban donde se suponía que debían estar? A Nory le costaba creer que Elliott tuviera secretos para ella.

—¡Estudiantes de la Escuela de Magia de Dunwiddle! —dijo con su voz de trueno el director González desde el estrado del gimnasio—. Todos hemos tenido un par de semanas fuera de lo corriente.

Nory notó la piel más pegajosa. Si cancelaban el programa MR, ¿qué sería de ellos? ¿Los separarían a todos? ¿Dónde estudiaría ella?

El director carraspeó en el estrado.

—Dada la naturaleza de algunos sucesos re-

cientes, algunos estudiantes han iniciado una petición de firmas, que ya ha firmado bastante gente. Ayer por la tarde la dejaron sobre mi mesa.

El director sostuvo en alto la petición.

—Los firmantes creen que la magia de la clase de Magia del Revés plantea un peligro. Y lo consideran peor que el peligro de la magia Flameante, que las transformaciones de Flexiformes en carnívoros, que las bromas de invisibilidad de los Fluctuosos o los objetos que dejan caer los Flotantes. La gente que ha firmado la petición desea que se suspenda el programa de Magia del Revés y que los alumnos incluidos en él sean trasladados a otras escuelas, todo ello a partir del próximo lunes.

—¡No! —susurró Nory.

Pepper estiró el brazo para darle un apretujón en la mano.

—Me gustaría decir a los estudiantes que han reunido estas firmas que admiro su esfuerzo —continuó el director—. Siempre que algo os preocupe y expreséis vuestra opinión con respeto, por supuesto debo corresponder

a vuestro interés escuchando lo que tengáis que decir.

—Hemos reunido cincuenta firmas —dijo Lacey Clench—. Eso significa que debe hacer lo que hemos solicitado.

El director levantó la petición.

—Lo siento, señorita Clench, pero no significa eso en absoluto.

Rasgó la hoja por la mitad y continuó hablando.

—No corresponde a los estudiantes decidir los méritos o la poca valía de sus compañeros. En Dunwiddle creemos firmemente que un programa de Magia del Revés es algo muy valioso para todo el mundo. No es más peligroso que otros accidentes mágicos que suceden a diario. Cuando yo tenía vuestra edad, volví mi silla invisible. Hizo mucha gracia a todo el mundo, hasta que mi compañero de clase tropezó con ella y se rompió la nariz. Es una historia verídica.

Esperó a que cesaran las carcajadas para seguir.

—También volví invisibles innumerables cosas que luego mis padres no lograron encontrar, como las llaves de coche, el cortador del césped y, en una ocasión, durante cinco horas aterradoras, volví invisible a mi hermano pequeño. —Respiró hondo—. Lo que quiero señalar es que el programa de Magia del Revés fomenta entre todos nosotros aceptar y comprender la diferencia. La lealtad a vuestra escuela significa lealtad a todos los miembros de nuestra comunidad. La Magia del Revés seguirá aquí.

Muchos alumnos vitorearon, aplaudieron y dieron con los pies contra el suelo. Otros más se unieron a ellos.

—¡Seguimos aquí! —chilló Nory. Se volvió hacia Bax y le dio varias sacudidas—. ¡Bax! ¡Bax! ¡La petición no ha prosperado!

—Ya lo sé —dijo Bax con una sonrisa—. Lo he oído.

—Tengo confianza en que avanzaremos movidos por el buen compañerismo —siguió el director—. Y ahora, cedo el estrado a Car-

men Padillo de octavo curso, para que haga un anuncio. —Señaló el micrófono—. ¿Carmen?

Cuando bajó del podio, subió la hermana de Andrés, Carmen. Vestía chaqueta y llevaba el pelo cuidadosamente recogido hacia atrás. Sostenía en las manos una tablilla y parecía lista para dar un discurso.

Nory vio que Elliott y Willa ocupaban entonces sus asientos en el gimnasio. Ambos sonreían como idiotas.

«¿En qué andan metidos?», se preguntó Nory.

Carmen se inclinó hacia el micrófono.

—En nombre del octavo curso y con agradecimiento especial a dos miembros de la clase de MR, me gustaría decir...

Hizo una pausa con gran teatralidad y los de octavo acabaron su frase al unísono:

—¡BROMAZO!

Un grupo de estudiantes se apresuró a subir al estrado empujando carretillas llenas de bolas de nieve. Llevaban guantes y parkas. Cogieron las bolas y empezaron a lanzarlas al público desde la parte frontal del gimnasio.

—¡Ayayay!

—¡Plaf!

—¡Mi pelo!

—¡Qué frías están!

Elliott se acercó corriendo a Nory y le dijo:

—¡Las bolas de nieve las hemos hecho nosotros! ¡Willa y yo!

—¡Ah!, ¿sí?

—¡Por eso he estado yendo tan temprano a clase sin ti! Carmen nos vio en nuestra primera clase particular: la señorita Cruciferous ayudaba a Willa a provocar lluvia solo en una pequeña parte de la habitación y yo la convertía en nieve mientras caía. Al vernos, Carmen tuvo una idea. Podríamos ayudarles con nuestra magia inusual ¡y hacer un bromazo diferente a cualquier otro en la historia de octavo curso de Dunwiddle!

—Llevamos toda la semana haciendo bolas de nieve y guardándolas en el congelador de la cafetería —explicó Willa.

—¿Por qué no me lo contaste? —preguntó Nory.

—Está claro, porque era un secreto —contestó Elliott.

—Pero yo..., yo pensaba que eras..., no lo sé. Sentí que me dejabas de lado, la verdad. Eso es todo.

Elliott abrió mucho los ojos. Nory sabía que él entendía lo que era sentirse así.

—Lo siento —dijo el niño—. Debería habértelo contado.

—Está bien —dijo Nory, y comprendió que era verdad—. No podías revelar el bromazo de los de octavo.

—Eso es. Pero podría haber guardado el secreto sin hacerte sentir mal —dijo Elliott— solo con que lo hubiera pensado mejor.

¡Plam! Una bola de nieve alcanzó a Elliott en la oreja.

Nory la cogió del suelo, volvió a darle forma y se la tiró a Pepper.

Elliott sonrió radiante.

Pepper le metió nieve a Nory por la parte posterior de la camisa.

Bax juntó varias bolas para formar una gi-

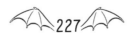

227

gante y se puso a girar el brazo en círculos como un jugador de béisbol. Parecía apuntar con cuidado. Nory se puso de puntillas para poder seguir su mirada.

La bola de nieve de Bax describió un arco atinado y alcanzó a Lacey Clench con un gélido patapum. Lacey chilló y se puso en pie de un brinco, sacudiéndose la nieve de la camisa.

—¡Bax! —gritó Nory encantadísima.

—¿Qué? ¿No creerás que lo he hecho adrede? —exclamó él.

La sonrisa de Nory vaciló un momento.

—¡Ah!, ¿no?

—¿Estás de broma? Jamás haría eso. Lo hizo mi brazo. ¡Mi brazo se ha descontrolado!

El siguiente bolazo se lo arrojó Bax al entrenador, que aulló y al instante lanzó otro al chico.

Nory disfrutó de la escena.

La clase de Magia del Revés había llegado para quedarse. Ella y sus amigos seguirían intentando aclararse con sus talentos mágicos. A veces lo lograrían y a veces se liarían. Otras veces, por desgracia, harían danza interpretativa.

Se moría de ganas de ver lo que les deparaba el futuro.

Agradecimientos

Muchas gracias y un beso ruidoso y entusiasta al equipo de Scholastic, incluidos, entre otros: David Levithan, Jennifer Abbots, Tracy van Straaten, Kelly Ashton, Whitney Steller, Bess Braswell, Rebekah Wallin, Robin Hoffman, Lizette Serrano, Aimee Friedman y Antonio Gonzalez. También mi agradecimiento y otro abrazo efusivo a Laura Dail, Tamar Rydzinski, Barry Goldblatt, Tricia Ready, Elisabeth Kaplan, Brian McGuffog, Lauren Kisilevsky (¡y todas las personas de Disney a las que todavía no conocemos!), Eddie Gamarra, Lauren Walters y Deb Shapiro.

Sobre las autoras

SARAH MLYNOWSKI es autora de muchos libros para niños, jóvenes y adultos, entre los que se incluyen éxitos superventas del *New York Times* como la serie *Whatever After*, la serie *Magic in Manhattan* y *Gimme a Call*. Le gustaría ser Fluctuosa para poder hacer invisible el desorden de su habitación. Visítala online en www.sarahm.com.

LAUREN MYRACLE es autora superventas del *New York Times* con numerosos libros para jó-

venes lectores como la serie *The Winnie Years* (que arranca con *Ten*), la serie *Flower Power* (que arranca con *Luv Ya Bunches*), y la serie *Life of Ty*. Le encantaría ser Felposa para poder charlar con unicornios y darles bayas. Puedes encontrar a Lauren en www.laurenmyracle.com.

EMILY JENKINS es autora de muchos libros por capítulos para niños entre los que se incluyen *Toys Trilogy* (que arranca con *Toys Go Out*) y la serie *Invisible Inkling*. Entre sus libros ilustrados se encuentran *Lemonade in Winter, Toys Meet Snow* y *The Fun Book of Scary Stuff*. Le encantaría ser Flameante y trabajar como chef de repostería. Visita a Emily en www.emilyjenkins.com.

Magia del REVÉS

¡Descubre todas las pifias de una clase llena de magia!

NO TE PIERDAS
LAS AVENTURAS
DEL NÚMERO 24 DE LA
CALLE LA PERA

ABRACADABRA

¡ÚNETE A LOS MARGIMAGOS!